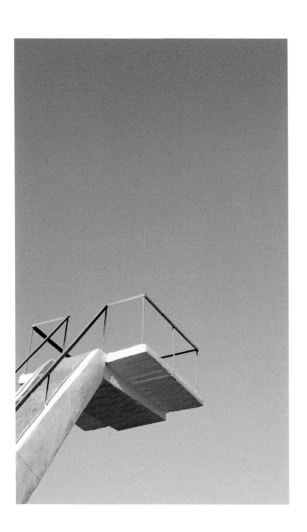

친애하는

아침에게

친애하는
아침에게

윤성용 에세이

부드럽게 안아주고
무거운 어깨를 쓰다듬어
기꺼이 오늘을
기대하게 만드는

mellite

●

어느

아침,

반짝이던

윤슬을

생각하며

이 책은 다시 살아가려는 마음에 대한 이야기입니다.

한 권의 책을 출간할 때마다 한 시절을 정리해왔습니다. 전작인《인생의 계절》은 어린 시절과 가족들에 대해 다루었습니다. 미처 해결되지 않은 과거를 다시 마주하고 나의 언어로 받아들이는 시간이었습니다. 덕분에 더 이상 지나간 일에 발이 묶이지 않고 한 걸음 더 나아갈 수 있었습니다.

《친애하는 아침에게》에서는 비교적 최근에 겪은 감정들을 다루었습니다. 누구나 그렇듯 저 또한 자기혐오와 불안의 시기를 한껏 지나왔습니다. 돌이켜보면 '살아갔다'라기보다는 '살아졌다'에 가까운 날들이었습니다. 내가 분투하는 모든 일이 삶의 전부처럼 여겨지기도 했고, 동시에 무의미하게 느껴지기도 했습니다.

그런 혼란한 마음을 안고 길을 나설 때면 아침의 따스한 볕이라든지, 강아지와 산책하는 사람이라든지, 푸른색으로 흔들리는 담쟁이넝쿨 같은 것들과 마주했습니다. 그러면 지난밤에 했던 고민과 다짐은 모두 무력해졌고 이내 꿈처럼 잊혔습니다. 이렇듯, 무기력하게 쓰러져 있는 내 손을 붙잡고 몸을 일으키고 다시금 살아가게 만든 것이 무엇이었나에 대해 되돌아보고 정리했습니다.

'친애하다'는 '친밀히 사랑한다'는 뜻입니다. 우리가 편지를 받는 대상에게 '친애하는'을 붙이는 이유는, 오직 친밀히 사랑하는 사람에게만 편지를 쓰기 때문입니다. 기어코 나를 살아가게 만드는, 친애하는 아침에게 안부와 감사를 전하는 마음으로 이 글들을 썼습니다. 또한 저에게 명랑함과 다정함을 전해준, 아침을 닮은 사람들에게 보내는 답장이기도 합니다.

기울어진 바닥에 놓여 있는 구슬처럼 시간이 지날수록 점점 아래로 내려가는 우울한 글을 쓰는 경향이 있는 저에게 밝은 글을 쓰도록 격려해준 아내에게 감사한 마음을 전합니다. 제게 출간을 제안하고 끝까지 포기하지 않도록 무한한 지지를 보내준 멜라이트 김태연 대표님에게도 감사한 마음을 전합니다. 오래도록 저를 잊지 않고 따뜻한 응원을 보내는 친구, xyzorba 구독자들에게도 감사한 마음을 전합니다.

이 책이 어려운 시기를 지나고 있는 누군가에게 작은 위안이 되기를 바랍니다.

2023년 초여름 아침에,

윤성용

차례

1   아침을 닮은 당신에게

2 나를 설명하는 일

3 　울음은 내일을 살아갈 준비가 된다

4   마음과 마음들

1

아침을　닮은　당신에게

하루를 살아내기 위한

준비

나의 아침은 일정하게 반복된다. 먼저 알람을 두 차례 들은 뒤 힘겹게 몸을 일으킨다. 잠에 미련을 두지 않기 위해서 재빠르게 이불을 정리한다. 몽롱한 정신을 깨우기에는 아무래도 먹는 것이 제일이다. 눈을 반쯤 감은 채 단백질 셰이크를 만들고 토마토나 오이를 썹는다. 셰이크를 쭉 들이켜고 나서는 영양제를 챙겨 먹는다. 몸에 맞는 영양제를 하나둘씩 사다 보니 아침마다 먹는 알약이 어느새 열 개를 넘어갔다.

욕실에 들어가 양치질을 먼저 한다. 요즘은 '변형 바스법'이라는 칫솔질을 연습하고 있다. 이와 잇몸 사이에 칫솔을 놓고 짧게 미세 진동을 준 뒤 회전하여 칫솔을 들어 올려주는 것이다. 이렇게 하면 닿기 어려운 부분까지 닦을 수 있다. 그 뒤에는 충분한 시간을 들여 세안과 면도, 샤워를 꼼꼼히 해낸다. 나 자신을 제대로 만나고 챙기는 시간은 이때밖에 없기 때문이다. 이쯤 되면 얼른 씻고 나오라는 아내의 목소리가 들린다.

군청색 코듀로이 셔츠와 검정색 면바지로 갈아입고 출근길에 오른다. 언제나 같은 길을 따라 역으로 향한다. 같은 길이라도 햇볕과 나무와 마음가짐에 따라 전혀 다르게 느껴진다. 가끔은 고향처럼 익숙하고 가끔은 외국처럼 낯설다. 집 근처에 대학교가 하나 있다. 아침에 등교하는 대학생들을 마주칠 때면 나의 이십대가 생각나서 부럽고도 안쓰러운 마음이 든다. 모든 가능성을 갖고 있지만 그래서 늘 불안하고 어설펐던 시절, 그럼에도 티 없이 맑게 웃을 수 있던 날들이 떠오른다. 만약 그 시절로 다시 돌아갈 수 있다면 어떨까? 아니, 나는 절대 돌아가고 싶지 않다. 나는 지금이 좋다. 그런 쓸데없는 상상을 하면서 지하철에 오른다.

회사에 가기 전 단골 카페에 들러 커피를 산다. 요즘은 아이스 더치커피를 마신다. 진하고 쌉쌀한 것이 아침을 깨우기에 좋기 때문이다. 카페 사장님은 종종 내가 주문을 하기도 전에 "아이스 더치커피로 드릴까요?"라고 먼저 묻기도 한다. 나는 그때마다 뿌듯한 기분이 든다.

회사에 도착하면 동료에게 가볍게 인사를 하고 자리를 정리한 뒤 시원한 물을 한 잔 떠 온다. 그리고 한숨 같은 심호흡. 그렇게 나의 본격적인 하루가 시작된다.

아침은 초기화의 시간이다. 깊은 밤 동안 나를 괴롭혔던 생각과 과거에 대한 후회도, 내일에 대한 불안도, 친구와 술을 마시며 나누던 쓸쓸한 이야기도, 포기하고 싶은 마음도 아침이 되면 햇볕에 색이 바랜 것처럼 흐릿한 흔적만 남기고 모두 사라져 있었다. 아침은 언제나 내게 '어떠한 일이 있더라도 세상은 계속 돌아간다'는 사실을 부드럽고 사려 깊게 일깨워준다. 만약 아침이 없었더라면 나는 단 한 발자국도 앞으로 나아가지 못했을 것이다.

또한 아침은 하루를 살아내기 위한 준비다. 어떤 일이 벌어질지 모르는 불안과 두려움 앞에서 일정하게 반복되는 아침은 안정적인 삶의 기반이 된다. 나는 반복적인 아침 의식을 통해, 처음 맞이하는 오늘도 어제와 별

반 다르지 않다는 사실을 몸에 되새긴다. 그렇기에 매일 동일한 아침을 보내는 일은 오늘도 어제와 같이 평온하고, 어제와 같이 행복하고, 어제와 같이 용기 낼 수 있기를 바라는 기도가 된다. 오늘도 무사하기를. 무사히 지나기를. 누군가에게 상처를 입히지도 받지도 않기를. 그런 염원을 새기는 일은 다분히 일상적이고 반복적이다.

아침을 닮은

사람에게

1

아침을 닮은 사람이 있다. 보통 밤에는 지나간 일과 다
가올 일을 생각하는 반면에, 아침에는 오늘 할 일만을
생각한다. 그러니까 아침을 닮은 사람에게는 과거에 대
한 후회도, 미래에 대한 두려움도 없다. 오직 하루하루
살아가는 일에 충실할 뿐이다. 누군가에게는 지루해 보
일 수 있는, 반복적이고 성실한 일상도 그 사람에게는
바래지 않는 기쁨이다.

아침을 닮은 사람에게는 어떤 어두움도 밝히는 능력이
있다. 그 사람은 사물의 밝은 면을 바라보며 어떤 고난
속에서도 빛을 찾을 수 있다. 가장 어려운 시기에도 주
변 사람들에게 희망과 낙관을 가져다준다. 그래서 늘
명랑하고 웃음이 많다. 앞으로 남은 날들을 자꾸만 응
원하고 싶어진다.

2

아침에는 밝고 잔잔하면서도 어쩐지 쓸쓸한 음악을 듣
게 된다. 어쩌면 '아침에 어울리는 음악'이라든지 '아침

에는 어울리지 않는 음악'이라는 것이 있을지도 모른다. 가끔은 기분을 끌어올리고 싶어 경쾌하고 신나는 음악을 틀었다가도, 문득 주위 풍경과 마음 상태와 음악 사이의 이질감을 느끼고는 끝내 바꾸고 만다.

나는 아침마다 보사노바 음악을 듣는다. 재즈도, 포크도, 얼터너티브 록도 듣지만 결국에는 보사노바로 돌아가게 된다. 보사노바는 아침을 닮아 있기 때문이다. 세상 사람들이 아침에 듣는 음악을 모두 모으고, 그것들을 적절히 선별하여 플레이리스트를 만든다면, 그 안에는 분명히 보사노바 음악이 있지 않을까 싶다. 만약 내가 모두의 아침을 위한 선곡을 할 수 있다면 보사노바 음악의 창시자인 안토니오 카를로스 조빔과 주앙 지우베르투, 스탠 게츠의 작품들을 꼭 넣을 것이다.

보사노바는 1950년대 후반 브라질에서 시작된 음악 장르다. 이 음악은 수년간의 독재정권 이후 경제 성장과 정치적 안정을 경험하는 시기에 등장했다. 당시 브라질에서는 문화적 르네상스가 태동했고, 브라질 전통 음악과 재즈 및 삼바를 융합한 보사노바는 이 운동의 최전

선에 있었다.

보사노바가 가진 단순함과 자연스러움, 여유 있는 태도는 어떤 아침에도 잘 어울린다. 살짝 미는 듯하다가 당기기를 반복하는 오묘한 리듬은 간밤에 굳어 있던 몸을 이완시킨다. 힘에 겨운 삶으로부터 한 걸음 물러서서 단순한 것에 감사하고 순간을 즐기도록 일깨워준다.

3

당신의 아침에 보사노바를 선물하고 싶다. 산들바람처럼 부드럽고 느긋한 멜로디가 당신의 기분을 어디로든 데려갔으면 좋겠다. 구겨진 미간을 펴고 햇살 가득한 미소를 지었으면 좋겠다. 아침을 닮은 당신에게, 내가 해줄 수 있는 건 단지 이 정도뿐이라서.

자고 일어나면

다 괜찮아질 거야

"잠이 좋다. 사람으로 태어나 마주했던 고민과 두려움과 아픔 같은 것들을 나는 대부분 잠을 통해 해결했다. 헤어짐의 아픔이나 미래에 대한 걱정이나 끙끙 앓던 신열 같은 것들도 잠을 자고 나면 한결 나아졌다."

—박준,《운다고 달라지는 일은 아무것도 없겠지만》

'자고 일어나면 다 괜찮아질 거야'라는 말을 습관적으로 했다. 그건 꽤 효과가 좋았다. 대부분 내 몸을 괴롭혔던 것은 피로와 스트레스였고, 내 마음을 괴롭혔던 것은 현실 자체가 아닌 그것을 확대해서 바라보고 왜곡해서 해석하는 나에게 있었기 때문이다.

그래서인지 몸과 마음이 아주 힘든 시절에 나는 늘 잠을 잤다. 세상에 대한 원망이 독소처럼 내 안에 머물고 있을 때, 내가 저주하는 것과 마주해야 하는 내일로부터 도망치고 싶을 때마다 그랬다. 아무런 고통도, 의식도 느낄 수 없는 잠의 시간은 내가 평온하고 안전하게 머물 수 있는 유일한 피난처였다.

졸리지 않으면 잠이 들 때까지 눈을 감고 기다렸다. 잠
들기를 기다리면서, 예전에 본 영화 줄거리를 떠올리거
나 아예 새로운 상상을 펼치고는 했다. 그때 만약 내가
다르게 행동했다면 어땠을까, 내가 용기를 냈다면 그
뒤에는 어떤 일이 벌어졌을까, 그런 식으로 후회되는
마음을 지우려 애쓰며 어설픈 나 자신을 위로했다. 그
리고 잠에 들고 나면 모두 꿈처럼 잊었다.

여전히 나는 잠이 많은 편이지만, 예전에 비하면 오래
도록 자는 날들이 줄었다. 일어나야 할 이유가 많아졌
기 때문이다. 아침 안부를 묻고 싶다, 따뜻한 밥을 해먹
이고 싶다, 편지를 쓰고 싶다, 날씨를 알려주고 싶다, 등
을 토닥이고 싶다, 오늘 하루도 무사히 지나기를 소원
하고 싶다, 그렇게 누군가를 향한 작은 바람들이 나의
몸을 일으켰다. 이제 나는 깊은 잠에 들어 심연에서 상
처를 치유하지 않는다. 내 곁에 있는 사람들과 아픔을
함께 나누고 이겨내는 법을 배웠다.

누구에게도 위로받을 수 없는 밤이면 부디 잠에 들 수 있기를 바란다. 잠에서 깨면 또 새로운 하루가 시작되고 새로운 기회가 생긴다. 긴 고민에 대한 답이 아침이 되면 문득 떠오를지도 모른다. 하루 만에 달라지는 것이 없다 해도 상관없다. 나의 짐을 함께 짊어줄 사람들이 기다리고 있다. 어떤 용기는, 힘들고 어려운 날의 끝자락에서도 '자고 일어나면 다 괜찮아질 거야'라고 속삭일 때 생기기도 한다.

이불을

정리하며

내게는 당연한 일이 다른 사람에게는 그렇지 않다는 사실을 알게 되기도 한다. 최근에 발견한 것은 이불 정리에 관한 것이다. 나는 아침에 일어나면 가장 먼저 이불을 정리한다. 일종의 강박처럼 이불을 갠다. 나는 특별히 부지런한 사람도 아니다. 오히려 게으른 편에 속한다. 그럼에도 나는 일어나는 동시에 기계처럼 이불을 정리해왔다. 어린 시절부터 몸에 밴 습관이다.

성공하는 사람들은 매일 아침 일어나자마자 이불을 갠다고 한다. 어느 자기계발서에서 읽었다. 적어도 나는 성공을 위해 아침마다 이불을 정리하는 것은 아니다. 하지만 분명한 건, 인생이 실패하고 있다고 느낄 때의 나는 아침에 이불을 정리하지 않았다. 몸이 아프거나 온종일 우울하거나 전날 마신 술로 숙취가 심할 때도 이불을 개지 않았다. 지각으로 미처 이불을 정리하지 않은 채 출근길에 오르면, 무언가 개운치 않은 기분이 들었다. 그러니까, 나의 마음가짐과 이불 정리가 어떠한 연관이 있는 건 경험적으로 알 수 있다.

이불 정리는 내가 노력한 만큼의 결과를 눈으로 볼 수 있는 가장 손쉽고 작은 일이다. 아침에 일어나면 이불은 현대미술의 설치작품처럼 아무렇게나 널브러져 있다. 그냥 그렇게 두어도 아무도 보는 사람도 없고 내 삶에 어떠한 영향도 주지 않는다. 그러나 이불 양끝을 손으로 붙잡고 힘껏 펼친 후 군데군데 주름이 접힌 부분을 다듬어주면 침대는 아무도 사용하지 않은 것처럼 반듯해지고 이상스레 마음이 말끔해진다. 그것은 혼돈에 질서를 부여하는 일이다. 물론 매우 작고 소소한 단위지만 분명 무질서로 나아가는 엔트로피를 거스르는 일이다. 미시 세계가 거시 세계를 구성하듯, 우리는 이불을 개는 행위를 통해 우리 삶을 지배하는 하나의 원칙을 체험하게 된다. '나는 세상을 변화시킬 수 있다.'

너무 비약적인 이야기처럼 들리는가. 내 생각에도 그렇다. 하지만 이불을 인생의 축소판이라고 생각해보면 어떨까. 인생이란 건 추상적인 개념이고 눈에 보이지도 않으니 제멋대로 구겨져 있더라도 기분으로만 더듬더

듬 느낄 뿐이다. 손에 잡히지도, 눈에 보이지 않는 것은 제대로 관리하기 어렵다. 그래서 나는 이불을 마치 내 삶의 모양인 것처럼 여겨왔던 것 같다. 그렇게 되면 어질러진 이불은 가만히 내버려둘 수가 없다. 먼지를 털어내고 최대한 깔끔하게 선을 맞추고 멀끔하게 매만져야 한다. 그렇게 반듯하게 정리된 이불은 오늘 하루도 평온하게, 내가 바라는 대로 지나갈 것이라는 암시가 된다.

책들을

떠나보낸다

정리하기를 좋아한다. 정리를 하다 보면 나의 지난 생활을 돌아보게 된다. 정리가 끝나면 내가 있는 곳에 내가 좋아하고 필요한 것들만 남는다. 그러니까 정리는 후련하고 기쁜 일이다. 물론 예외도 있다. 이를테면 책장 정리가 그렇다.

어제는 책장을 정리했다. 책장의 공간이 모자라 책들이 쌓여버린 것이다. 스트레스를 받을 때마다 책을 사 모았던 탓이다. 결국 내가 가진 책을 절반으로 줄이기로 계획했다. 한동안 펼쳐보지 않은 책, 그리고 앞으로 펼쳐보지 않을 책들은 과감히 정리하기로 했다.

책장 앞에 앉아 책들을 하나씩 살펴본다.《부활》,《안나 카레니나》,《구토》같은 고전소설은 '언젠가는 읽을 거야'라고 몇 년째 다짐만 했던 책들이다. 그런데 두꺼운 책은 점점 읽을 엄두가 안 난다. 조금 읽다가도 금방 포기하게 된다. 이러다 영영 장편소설을 읽지 못하는 것은 아닌지 걱정스럽기도 하다.

베르나르 베르베르의 소설들은 나의 청소년기를 함께
했다. 홍세화 작가의 《나는 빠리의 택시 운전사》도 그렇
다. 너무 많이 읽은 탓에 책장이 너덜너덜해졌다. 이병
률 시인의 여행 산문집은 스무 살의 어지러운 마음을 낭
만으로 채워주었다. 이 책들은 이제 그 책임을 다했다.

하루키의 에세이를 사랑하지만 《무라카미 하루키 잡문
집》은 내가 보기에도 너무 잡문이었다. 고민 없이 정리
하기로 한다. 그래도 하루키의 책은 《상실의 시대》를 포
함해 다섯 권이나 남겨두었다. 그러니 그도 섭섭하지
않을 것이다.

경제경영서와 자기계발서를 탐독하던 시절이 있었다.
그 책들을 보니 일을 잘하고 싶었던 그때의 마음이 떠
오른다. 어떻게든 한 사람의 몫을 해내고 싶어서 간절
했다. 이제는 읽지 않는 걸 보니 나는 분명 성장한 모양
이다.

가장 난감한 것은 저자에게 친필 사인을 받은 책이다.
더 이상 읽지 않는 책이라 해도 차마 버릴 수가 없다. 마
치 편지를 버리는 것만큼 죄책감이 든다. 그만큼 인연
이라는 건 무겁고 강력한 것이다. 물론 김승옥 작가에
게 직접 사인을 받은 《무진기행》은 평생 가보로 남겨둘
거다. 순천에서의 그때의 만남을 생각하면 지금도 영혼
이 떨린다.

그런 식으로 정리하다 보니 떠나보낼 책들이 한가득 모
였다. 모두 차곡차곡 쌓아 상자에 넣는다. 그 손길은 부
드럽고 조심스럽다. 마음이 쓰이긴 하지만 슬픈 안녕은
아니다. 스승을 떠나는 제자의 마음이다. 그 마음으로
작별 인사를 한다. 그동안 가르치고, 위로하고, 지켜봐
주어서 고마웠습니다.

올바른

면도법

어릴 적에는 아버지와 목욕탕에 자주 갔다. 아버지는 나를 씻기고 난 다음에야 본인의 몸을 씻기 시작했는데 그 시작은 항상 면도였다. 일회용 면도기로 쓰윽쓱- 사악삭- 소리를 내며 능숙하게 수염을 깎는 모습이 참 멋져 보였다. 나는 언제쯤 면도를 할 수 있냐고 물었을 때 아버지는 곧 있으면 평생 동안 하게 될 거라고 답했다. 면도를 한다는 건 어른이 된다는 의미였다. 당시 내게는 그랬다.

언젠가부터 면도를 하기 시작했다. 아마도 중학생에서 고등학생으로 넘어가는 즈음이었을 것이다. 모든 일이 그러하듯 처음에는 미숙했다. 비누로 대충 거품을 내어 묻히고, 면도기 광고에 나오는 스포츠 스타처럼 스으윽- 하고 밀어봤다. 따끔 하며 여기저기에 작은 상처가 났다. 그때는 괜히 도구를 탓했는데 사실은 실력이 문제였다. 그렇게 몇 번은 더 얼굴에 상처가 난 뒤에야 올바른 면도법을 익힐 수 있었다.

면도를 하는 방법은 간단하다. 먼저 따뜻한 물로 세안을 한다. 빳빳한 수염을 물에 불려 부드럽게 만들어야 깔끔하게 면도할 수 있다. 그러고 나서는 셰이빙 젤을 인중과 턱, 볼까지 꼼꼼히 발라준다. 이때 비누 거품은 안 된다. 비누는 피부의 유분을 없애기 때문에 면도할 때 빳빳해지고 상처가 잘 난다. 면도기를 사용할 때는 먼저 수염이 난 방향대로 민다. 그리고 더 깔끔한 면도를 위해 역방향으로 마무리한다. 혹시나 놓친 부분은 없는지 손가락으로 쓰다듬어보거나 거울로 꼼꼼히 살핀 뒤에 찬물로 거품을 씻어낸다. 마지막으로 애프터셰이브를 발라 피부 자극을 진정시켜준다.

벌써 이십 년 가까이 매일 아침 해왔지만, 면도는 여전히 내가 잘해내고 싶은 일이다. 성인 남성에게 가장 간단하게 비포와 애프터가 달라지는 활동이 바로 면도일 것이다. 내 손으로 직접 나를 더 나은 상태로 만든다는 것, 그 일련의 과정과 결과를 눈으로 관찰할 수 있다는 것, 그것이 단 몇 번의 움직임으로 가능하다는 것, 거기

에다가 위험하고도 멋진 장비까지. 누군가는 매일 아침
에 일어나 면도하는 일이 고역이라고 말하지만, 면도는
꽤나 즐겁고 매력적이다.

그러고 보면 면도는 더하는 일이 아니라 빼는 일이다.
그러니까 다른 누구도 아닌 그저 내가 되어가는 과정인
셈이다. 지난밤 사이에 자라난, 나도 모르게 내가 지니
고 있던 지저분한 것을 깎아 없애고 바깥으로 나갈 준
비를 한다는 건 어쩐지 상징적으로 느껴진다. 그것이
어른의 일이라는 점에서도 그렇다.

출근할 때

지키는 것들

몸과 마음이 가장 정상적이고 안정적일 때마다 반복적으로 지키는 의식이나 규칙이 있다. 누군가는 하루를 시작하기 위해 매일 명상을 하기도 하고 공원을 산책하기도 한다. 그것이 무엇이든, 규칙적인 일상은 처음 맞이하는 하루에서 안정감을 찾는 데 도움이 된다. 부모의 보살핌으로부터 떠난 후에는, 일상에 깊숙이 자리 잡은 작은 규칙들이 나를 키운다.

매일 반복되는 아침 출근길에 지키는 나만의 규칙들은 이렇다.

계획을 세운다.

나는 철저히 계획형 인간이다. 그래서 링컨의 명언을 좋아한다. "나에게 나무를 자를 여섯 시간을 준다면, 나는 먼저 도끼를 날카롭게 하는 데에 네 시간을 쓰겠다." 물론 도끼가 날카롭다고 모든 나무를 자를 수 있는 건 아니다. 모든 계획을 지킬 수 있는 것도 아니다. 그럼에도 무엇이 예상대로 되었고 무엇이 달라졌는지 확인할 수 있을 때 나는 내 삶을 제대로 관리하고 있다고 느낀다. 출근길에 나는 그날 하루를 모의 실험하듯 머릿속으로 상상해본다. 오 분도 채 걸리지 않는다. 만약 거친 하루가 예상된다면《난중일기》의 이순신 장군의 단단한 마음을 떠올린다. 누군가와 협상을 해야 한다면 영화〈위대한 개츠비〉의 개츠비를, 편견으로부터 나 자신을 지켜야 한다면《그리스인 조르바》의 조르바를 생각한다. 나는 그런 방식으로 하루를 준비한다.

책을 읽는다.

출근길은 내가 유일하게 독서하는 시간이다. 정확히 말하면, 나는 지하철에서만 책을 읽는다. 직장인이 된 후로 생긴 습관이다. 가방에는 늘 책 한 권을 지니고 다닌다. 아무리 여유가 없더라도 책은 꼭 꺼내서 펼쳐보는 편이다. 책을 펼치면 한 페이지라도 읽게 된다. 내가 읽은 한 문장이 그날 하루를 바꿀 수도 있고, 그 하루가 내 인생을 바꿀 수 있다. 나는 그런 경험을 여러 번 했고, 그것은 항상 좋은 방향으로 날 이끌었다. 예를 들어 '모든 것의 시작은 위험하다. 그러나 무엇을 막론하고, 시작하지 않으면 아무것도 시작되지 않는다'라는 문장을 읽으면 실패에 대한 두려움을 이겨낼 용기가 생긴다. '자신의 사랑을 보여줄 수 없는 사람은 다른 사람에게서도 사랑을 찾을 수 없다'라는 문장을 읽으면 나에게 요구하는 기준을 낮추고 어떤 모습이든 받아들일 준비를 한다.

일기를 쓴다.

보통 일기는 하루 일과가 끝나는 밤에 쓰기 마련이다. 나도 그랬다. 그러나 밤에 쓴 일기는 다음 날이 되면 부끄러워진다. 감정과 감각에 매몰되기 쉽다. 누구에게든 보여주지 못하는 글이 된다. 반면에 아침에 쓴 일기는 비교적 맑고 명랑하다. 거창할 것도 없다. 그저 머릿속에 떠오르는 문장을 가볍게 메모한다. 아무런 필터 없이, 문장 호응도 신경 쓰지 않고 최대한 솔직하고 편안하게 쓴다. 그런 일기들이 나중에 좋은 글감이 된다. 예를 들어서 '출근길에 아내가 챙겨준 손난로가 따뜻하다. 온도 이상의 따뜻함이 손과 팔뚝, 어깨를 지나 몸 전

체로 퍼진다. 그 온기가 나의 하루를 지지한다.'라고 쓴
다거나 '우리가 사랑을 느끼는 순간은 터무니없이 작고
보잘것없을 때가 많았다. 이를테면 우리가 캔커피를 두
개씩 들고 만난 그날 오후처럼.'이라고 쓰는 식이다.

계단으로 오르내린다.
웬만하면 출근길에는 에스컬레이터를 이용하지 않는
다. 여러 층이라도 꼭 계단으로 오르내린다. 아침에 일
어나면 몸을 제대로 움직일 시간이 없다. 금방 잠에서
깨어 뻣뻣해진 상태로 길에 나서게 되니 말이다. 그래
서 계단을 이용해 몸을 푼다. 종아리와 허벅지 근육의
움직임, 목과 허리에 느껴지는 하중, 자연스럽게 흔들리
는 팔, 살짝 가빠지는 숨. 이런 것들을 조금이나마 느끼
며 육체와 정신의 상태를 맞춘다. 그러니까 계단을 오
르는 일은 낯선 나를 데리고 하루를 살아갈 준비운동인
셈이다. 이런 규칙들이 아주 조금씩, 보이지 않을 만큼
천천히 나를 바꾸어가고 있다.

함께

산책할래요?

집 근처에 걷기 좋은 하천이 있다. 언제부터인가 매일 저녁을 먹고 나면 그곳을 한 시간 정도 산책하고 돌아오는 것이 일상이 되었다. 이전에는 '산책을 해야겠다'는 의지를 갖고 걸어본 적이 없었다. 나에게 걷기란 목적지까지 가기 위해 이용하는 가장 값싼 이동 수단이었다. 그러나 최근 들어서 심경에 어떤 변화가 생겼는지, 그저 '산책하고 싶다'는 작은 의욕이 생기고 있다. 특히 그날 밥을 무리해서 많이 먹었다고 생각될 때 더욱 그렇다. 그럴 때면 나는 아내를 바라보며 슬쩍 묻는다. "우리 한 바퀴 돌고 올까?"

나만의 산책을 즐기는 방법이 있다. 먼저 시간은 늦은 오후나 저녁이어야 한다. 햇볕이 내리쬐는 오전이나 정오는 조금만 걸어도 땀이 흐른다. 반대로 한밤중에 산책을 하면 가로등이 듬성듬성 있는 어두운 길을 걷기가 무섭다. 또한 통풍이 잘되는 옷을 입어서 저녁 공기와 닿는 면적을 최대한 넓힌다. 함께 걷는 사람이 있다면 얼마나 걸을지를 미리 합의해두면 좋다. 이를테면, '오늘은 한 시간만 걷다가 돌아가자'라든지, '저기 보이는 공원까지만 가보자'라든지 어느 정도 산책할 범위를 의논해놓지 않으면 돌아갈 타이밍을 정하지 못해 난감해질 때가 있다. 걷는 속도는 '안단테(Andante)'다. 출근길 걸음보다 조금 느리게 걸어야 지나는 풍경도 마음에 담으면서 지치지 않고 오래 걸을 수 있다.

나는 평화롭고 싶어서 산책을 한다. 산책을 하면서 화를 내거나 누군가와 싸우는 경우는 드물다고 생각한다. 우리는 화가 날 때 발을 멈추고 서로를 죽일 듯이 노려보거나 구석에 주저앉아 혼잣말로 답답함을 호소한다. 그러나 걷고 있을 때만큼은, 비록 그것이 일시적이더라도, 평온한 관계를 유지할 수 있다. 산책에는 뚜렷한 목표가 없고, 발걸음이 같은 방향을 향해 있으며, 걷는 중에는 어쩔 수 없이 나 자신이나 상대방에게 좀 더 집중하게 되기 때문이라고 생각한다. 즉 본질적으로 산책이란, 나라는 이질적인 존재 혹은 함께 걷는 이와 공존하며 살아가는 일에 분명한 도움이 된다.

나의 산책에는 목적의식이 없다. 그래서 즐겁다. 그 점이 가장 중요하다. 내가 존경하는 니체는 '진정 위대한 모든 생각은 걷기로부터 나온다'라고 말했다지만, 나는 위대해지기보다는 좀 더 가볍게 살고 싶어서 걷는다. 나는 전봇대 전선처럼 복잡하게 엉켜 있는 의미들을 걷어내고 삶에 여백을 만들기 위해 걷는다. 산책을 한 날이면 '오늘은 적어도 산책을 했으니 모든 것이 엉망인 날은 아니었다'라고 안심하게 된다. 그것이 요즘 내가 산책하는 이유다.

오늘은 산책하는 저녁 공기가 서늘하다. 겨울이 오기 전에 부지런히 걸어두어야겠다.

줄넘기

요즘은 이틀에 한 번씩 하천에 나가 줄넘기를 한다. 줄넘기는 무척 단순한 운동이다. 배우지 않아도 누구나할 수 있다. 두 손으로 줄을 힘껏 돌리고, 그에 맞추어뜀을 뛴다. 그걸 일정하게 연속한다. 이토록 간단한 동작에도 요령과 훈련은 필요하다. 처음에는 줄을 넘는모양이 어색하고 엉성하더니, 몇 개월이 지나자 제법익숙해졌다.

한창 줄넘기를 하다 보면 묘한 순간을 체험한다. 뭐랄까, 줄을 넘고 있다는 사실을 잊게 되었다. 마치 고요한정원을 산책하듯 모든 움직임이 가볍게 느껴졌다. 마음은 차분해졌고 주변 풍경이 분명하게 느껴졌다. 이를테면, 중력이 미약한 우주에 나 혼자 뚝 떨어진 기분이었다. 그때부터 줄넘기는 따분한 행위가 아니게 된다. 작고 간단한 기쁨 하나를 발견했다.

내일을

기대하는 이유

당신에게는 내일을 기대하는 이유가 있나요. 어떤 단발적인 이벤트가 아니라, 매일 아침을 기다리게 만드는 소소하고 일상적인 것들 말이에요. 내일 어떤 옷을 입고 나갈지 미리 정해둔다거나, 내일 방영될 드라마의 내용을 상상해본 적은 없나요. 혹은 아침이면 문 앞에 도착해 있을 택배 박스를 생각하며 설렐 수도 있겠어요. 매일 다른 종류의 커피를 마셔본다면 어떨까요. 일상 속 작은 변주는 분명한 기쁨이 되지요.

요즘 저에게는 아침 식사가 내일을 기대하게 만들어요. 작은 습관이 하나 생겼거든요. 밤마다 잠들기 전에 다음 날 아침 메뉴를 정하는 거예요. 예를 들면, 침대에 누워서 이런 다짐을 해요. '내일 아침에는 포슬포슬한 감자빵을 먹자. 목이 멜지 모르니 시원한 아몬드 우유를 곁들여 마시고, 잘 익은 바나나도 하나 꺼내 먹어야지.' '아침에 일어나면 어제 산 블루베리 베이글을 바삭하게 데워야지. 베이글을 반으로 갈라서 포도잼과 크림치즈를 잔뜩 바르는 거야. 뜨거운 커피와 같이 먹으면 잘 어울리겠다.' 이런 생각을 하면 내일이 무척 기다려져요. 아침마다 무겁고 피로한 몸을 일으켜줄 힘이 돼요.

내일이 오지 않기를 바랄 때가 있었어요. 밤마다 잠에 들기 전에 '부디 내일 아침에는 눈을 뜨지 않았으면' 하고 기도하기도 했어요. 하루를 살아내는 일이 고역이고 견디기 힘들었거든요. 몸도 마음도 몹시 아팠어요. 나아 질 거라는 희망도 없었고요. 잔인하게도 아침은 늘 찾아왔어요. 그때는 창가를 비추는 햇빛이 원망스러워서 울기도 했는데, 지금은 참 감사해요. 새로운 아침을 맞이한 덕분에 다시 회복할 수 있었고, 사랑하는 사람을 만날 수 있었고, 이토록 행복한 날을 보내고 있으니까요. 만약 기도가 이루어져서 아침에 눈을 뜨지 않았다면 미처 누리지 못했을 기쁨들이 많아요.

앞으로 제 삶 속에 내일을 기대하게 만드는 것을 잔뜩 마련하고 싶어요. 마치 커다란 선반을 좋아하는 물건으로 가득 채우는 것처럼 하나씩 쌓아가는 거예요. 그러면 내일이 너무 궁금해서, 내일의 내가 너무 기대되어서, 어서 아침이 오기를 바라게 될 거예요. 그렇게 우리는 한결 더 살아 있는 존재가 될 거예요.

내가

나라는 것

서른 즈음이 되어서야 나에게 조금 익숙해졌다. 몇 번의 만남과 이별을 지나고, 직장과 일이 견딜 만해지고, 성격과 취향도 어느 정도 자리 잡고, 다양한 사람과 별의별 사건을 겪고 나면 알게 되는 것이 있다. 사용설명서를 적을 수 있을 만큼 내가 단순하게 작동한다는 것도 그중 하나다.

내가 나라는 사실에 익숙해지면 좋은 점이 있다. 갑자기 고장이 났을 때, 조치를 취하고 복구하는 일에 능숙해진다. 어떤 증상을 발견하면 수년 간의 경험으로 알아낸, 가장 효과적인 처방을 내릴 수 있다. 마치 삼십 년 된 자전거 수리점의 사장님이 자전거를 쓱 둘러보고는 어긋난 부분을 금세 고쳐내는 것처럼 말이다.

예를 들어, 나는 무기력해질 때마다 종합격투기 경기 영상을 본다. 두 선수가 관중들의 환호를 받으며 케이지 안에 들어선다. 팽팽한 긴장감 속에서 종이 울리면 그들은 최선을 다해 서로를 무너뜨리려고 애쓴다. 거친 호흡과 파열음, 고통으로 일그러진 얼굴. 마침내 경기가 끝나면 둘은 뜨겁게 포옹한다. 판정 끝에 승리한 자는 기쁨의 눈물을 흘리고 패배한 자는 아쉬움에 고개를 떨 군다. 나는 이런 치열한 승부를 볼 때마다 몸이 달구어 지고 삶에 대한 의욕이 되살아났다. 무력감을 잊고 금 방 해야 할 일을 시작할 수 있었다.

자존감을 높이고 싶을 때는 위스키를 온더록으로 마신 다. 평소에는 탄산음료로 가득 채운 잔에 위스키를 쪼 르륵 넣어 만든 달콤한 하이볼을 좋아한다. 하지만 얇 은 잔에 크고 둥근 얼음을 넣고 위스키를 따라 마시면 거칠고 쓸쓸한 알코올과 피트 향, 들쩍지근한 캐러멜의 단맛을 그대로 느낄 수 있다. 이런 하드보일드한 맛과 향은 내가 어른이라는 사실을 일깨워준다. 조금 유치한 이야기지만, 대학가 중국집에서 이과두주를 시켰던 날, 내가 이제 어른이 되었다는 걸 처음 깨달았더랬다.

마음이 답답할 때는 일렉트로니카 음악을 듣는다. 울고

싶을 때는 고레에다 히로카즈 감독의 영화를 본다. 머리가 복잡할 때는 산책을 한다. 자만심이 들 때는 거울을 본다. 멈춰 있다고 생각될 때는 지난 일기를 읽는다. 후회스러울 때는 광활한 우주에 대해 생각한다. 바다에 가면 언제나 차분해졌고 마음이 일렁였다.

나는 여전히 나에 대해 배워가는 중이다. 그리고 내가 나라는 것이 아주 조금씩 마음에 들고 있다.

' 괜찮아 '

일 기

윤홍균 님의 책《자존감 수업》을 다시 꺼내 읽었습니다.
스스로가 미워질 때마다 나는 이 책을 펼쳐 보고는 했
습니다. 오늘은 이런 문장을 마주했습니다. "인생을 조
금 편하게 살고 싶다면 평소 자신에게 '괜찮아'라는 말
을 자주 해줘야 한다." 경쟁과 비교와 비난에 조금 지쳐
있던 내게 마침 필요한 말이었습니다.

요즘은 '괜찮아' 일기를 쓰고 있습니다. '괜찮아' 일기
를 쓰는 방법은 이렇습니다. 먼저 오늘 겪은 일을 적습
니다. 그리고 그 일을 떠올리면 어떤 감정이 생기는지
적습니다. 마지막으로 "괜찮아"라고 덧붙입니다. 참 간
단합니다. 이렇게 간단한 일인데도 나는 왜 그리 스스
로에 대한 위로를 아끼며 살았는지 모르겠습니다.
예를 들면 이런 것입니다.

"오늘은 팟캐스트를 녹음했다. 호기롭게 시작했으나 어
떤 일이 그렇듯 쉽지 않다는 걸 깨닫는다. 매끄럽고 속
시원하게 진행할 수 있다면 좋으련만, 갑자기 사람이

달라질 리는 없었다. 말솜씨가 부족한 것인지, 할 말이 없을 정도로 내 생각에 깊이가 없는 것인지 고민하게 된다. 하지만 괜찮다. 처음부터 잘할 수는 없다. 지금껏 그래 왔다. 나는 조금씩 적응해나갈 것이고, 시간이 지날수록 점점 나아지는 모습을 볼 수 있게 될 것이다."

여기까지 쓰니, 명치 부근에 있던 긴장이 조금 풀렸습니다. 내친김에 하나를 더 써봤습니다.

"이번 주는 일이 바빴고, 어느 것도 내 기대만큼 해내지 못했다. 양가감정이 들었다. 기대만큼 해내지 못한 나자신에게 실망하는 한편, '아니야, 너는 잘못이 없어'라고 스스로 합리화하기도 했다. 그러다 보니 롤러코스터를 탄 것처럼, 높은 파도에 몸을 맡긴 것처럼 멀미가 났다. 내가 앞으로 해야 할 일을 잘 해낼 수 있는 사람인지 의심하는 마음도 들었다. 하지만 괜찮다. 그것은 누구나 갖고 있는 자연스러운 감정이다. 오히려 이런 고민을 한다는 건 내가 더 나아질 면이 있다는 의미가 아닐까.

부족함을 발견한 것에 오히려 감사하자. 진실로부터 눈을 가리고 도망치지 않았음에 기뻐하자."

여기까지 쓰자 마음이 후련해졌습니다. 앞으로는 이런 방식으로 나 자신을 위로하는 법을 훈련해보려 합니다. 이제는 나 자신을 사랑해도 괜찮다는 사실을 받아들일 때가 온 것 같습니다. 그동안 나 자신을 너무나 미워하고, 밀어붙이고, 괴롭히며 살아왔으므로.

우리

충분히 잘하고 있어

당신은 위로가 필요할 때마다 내 글을 찾아 읽는다고
했다. 그 말이 내게는 너무 고맙게 생각되었다. 내가 적
어도, 가장 가까운 한 명에게는 도움이 되는 글을 쓰고
있다는 의미니까. 당신이 찾아 읽을 수 있는 글을 더 많
이 쓰고 싶다고 생각했다. 그 이유만으로도 나는 이 서
툴고 지난한 일을 반복할 수 있다.

요즘 말버릇처럼 하는 말이 있다. "우리 잘 살고 있는 거
지?"라고. 꼭 잠들기 전이면 눈을 감고 불안한 목소리로
질문했다. 의문도 아니고, 강요도 아닌, 허공에 던지는
어설픈 물음이었다. 나는 아마도 "그래, 우리 지금 충분
히 잘하고 있어"라는 말이 듣고 싶었던 것 같다. 그러면
안심하고 편히 잠들 수 있을 것 같았다.

오늘 밤부터는 듣고 싶은 말을 먼저 해보려고 한다. "우
리 지금 충분히 잘하고 있어." 다짐과 예언, 그 사이 어
딘가에 놓여 있을 이 말이 내일을 살아갈 힘이 될 것이
다. 지금 우리에게 필요한 건 혼란스러운 세상을 잘 견

더닐 것이라는 믿음이니까. "그래, 맞아"라고 조용히 대답해줘도 좋겠고, 너무 당연한 이야기라는 듯 그냥 편안히 잠에 들어도 좋겠다. 혹은 우리가 '우리'를 이야기하는 것이 너무나 자연스러워졌다는 사실을 문득 떠올렸으면 좋겠다.

한 번에

한 가지 일만 하기

어느 날 현관문 비밀번호를 잊어버린 적이 있다. 지난 일 년간 자연스럽게 눌러왔던 번호가 떠오르지 않아서 무척이나 당황스러웠다. 너무 익숙해져버린 탓일까. 어느 순간부터 나는 그저 무의식적으로 비밀번호를 누르고 현관문을 열어왔던 것이다. 어쩌면 내 삶의 대부분이 이런 무의식 속에서 의미 없이 관성적으로 채워졌던 것은 아닌지 두려워졌다. 나의 생각과 행동을 조금씩 의식의 영역으로 끌어올려야겠다고 생각했다.

그래서 요즘은 한 번에 한 가지 일만 하려고 한다. 예를 들면, 밥을 먹을 때는 밥만 먹고, 음악을 들을 때는 음악만 듣고, 커피를 마실 때는 커피만 마시는 것이다. 별 일 아닌 것처럼 느껴지지만 실제로 해보면 의외로 쉽지 않다. 주머니 속에 있는 스마트폰이 자꾸만 신경 쓰이고, 찰나의 지루함을 좀처럼 견디기가 힘들다. 동시에 여러 일을 해낼 수 있는 환경에서 오직 한 가지 일에만 집중하는 것은 현대인에게 여러모로 불편하고 초조한 경험이다. 의식적인 연습이 필요하다.

한 번에 한 가지 일만 하면, 지금 이 순간을 온전히 느낄 수 있다. 밥을 먹을 때는 음식의 맛과 향, 온도와 식감에 집중할 수 있다. 커피를 마실 때는 먼저 향을 맡아본 뒤 한 모금씩 천천히 음미해본다. 그러면 그동안 놓쳤던 향미와 질감, 은은한 산미와 캐러멜 단맛을 발견하게 된다. 음악도 마찬가지다. 자주 듣던 음악도 가만히 귀를 기울이다 보면 전에는 미처 몰랐던 세션이나 코러스 소리가 미세하게 드러난다. 또 어떤 음악은 멜로디에 숨어 있던 가사가 의미의 차원으로 다가오기 시작한다.

산책을 할 때, 버스를 탈 때, 대화를 할 때, 심지어 설거지를 하거나 이불 정리를 할 때도, 그 순간을 고스란히 감각하려고 노력하면 어떤 새로운 면을 발견하게 된다. 그것은 작지만 분명한 기쁨이 된다. 나는 내 안에 작은 기쁨을 쌓아가는 과정이 좋은 삶이라고 믿고 있다.

그동안 나는 나에게 너무 많은 것을 요구해왔던 건 아닐까. 한 번에 한 가지 일만 해내는 것도 이토록 어려운

데 말이다. 이제 나는 그저 바쁘게 살아가는 것이 아니라, 제대로 살아 있다는 느낌을 간절히 원한다. 한 번에 한 가지 일을 하는 건 그런 연습이 될 거라고 생각된다.

윤슬을

바라보며

아직 해가 뜨지 않은 이른 새벽이었다. 바람은 춥고 거리는 한산했다. 모든 준비를 마치고 짐을 챙겨 병원으로 향했다. 택시를 타고 가는 동안 부모님께 전화를 드렸다. 기분이 어떠냐는 물음에 아직 잘 모르겠다고 대답했다. 정말로, 내게 무슨 일이 벌어지고 있는지 그 순간까지도 알지 못했다.

병원에 도착하자 아내는 수술실로 들어갔다. 나는 간호사로부터 수술 중 수혈을 하거나 자궁을 들어내거나 사망에 이를 수도 있다는 설명을 듣고 서명을 했다. 그리고 수술실 문 앞에 혼자 앉아 소식을 기다렸다. 복도는 빈집처럼 고요했다. 창문 너머로 푸른빛이 들어오기 시작했다.

과연 내가 자격이 있을까, 생각을 해본다. 지금까지 얻었던 자격들은 시험에 합격하거나 정해진 과정을 수료해야 했다. 하지만 부모가 되는 것은 달랐다. 그것은 누군가로부터 주어지는 자격이라기보다는 하나의 사건

에 가까웠다. 나와 가장 가까운 곳에서 일어난 사건. 그
것을 할 수 있는 한 최선을 다해 거두고 정돈하는 것. 그
것이 부모의 일이라고 생각해본다. 문득 아버지와 어머
니의 얼굴을 떠올렸다.

수술실 문이 열렸을 때 나도 모르게 자리에서 벌떡 일어
났다. 아이가 무사히 태어났다고 했다. 오전 8시 37분,
아주 밝은 아침이었다. 그러니까 나는 방금 부모가 되
었다. 아주 잠깐 넋이 나갔다. 벽 너머로 강렬한 울음소
리가 들렸을 때 다시 정신을 차렸다. 나는 2.8킬로그램
의 존재를, 나와 아내를 닮은 얼굴을, 처음 공기를 맞이
한 부드러운 살갗을, 그 작고 무의식적인 움직임을 상
상해보았다. 기다림이 무척 길었다.

잠시 후 유리창 너머로 아기를 볼 수 있었다. 처음에는
어색했다. 그러나 바라볼수록 우리는 조금씩 가까워졌
다. 아기는 자고 있었다. 잠든 얼굴에는 평온이 있었다.
머리칼도 제법 났다. 뭉툭한 코와 굵은 눈썹은 나를 닮

았고 긴 입꼬리는 아내의 것과 같았다. 이따금씩 입을 찡긋거리기도 했다. 불편한 듯 인상을 쓰고 고개를 움직이면 마음이 덜컹 내려앉았다. 그 작은 움직임을 내가 아는 세계의 전부인 것처럼 지켜보았다.

아이의 이름을 '윤슬'이라고 지어주었다. 햇빛이나 달빛에 비치어 반짝이는 잔물결을 가리키는 순우리말. 나는 윤슬을 바라보며 눈이 멀어도 상관없다고 생각해본다. 그렇게 한참을 소리 없이, 미동도 없이 아기를 바라보았다. 지금 이 순간이 어떠한 변화의 시작이라는 것을 직감했다.

2

_____

_____

_____

_____

_____

_____

_____

_____

_____

_____

나를 설명하는 일

봄볕

아래에서

한강에 봄볕이 비추었다. 지난봄으로부터 일 년 만이다. 봄은 모든 근심을 잊게 만든다. 무언가를 사랑하고 싶게 한다. 낯선 사람들에게 말을 걸고 싶게 한다. 머리를 자르고 새 옷을 입는다. 봄에는 그림자마저 따뜻하게 느껴진다. 단지 봄볕 하나로 삶의 태도가 바뀌는 것을 보면, 나는 분명 가볍고 미약한 사람이다.

다리 위에 서서 산책하는 사람들을 바라본다. 각자의 이야기를 지니고 살아가는 사람이 이토록 많다. 달리고 있는 청년은 건강한 삶을 찾고자 한다. 아이와 원반던지기를 하는 남자는 좋은 아빠가 되기를 원한다. 강아지와 산책하는 여자는 작고 소중한 움직임에 관심을 쏟는다. 돗자리 위에 누워 웃고 있는 연인에게 미래에 대한 걱정은 더 이상 중요하지 않다. 모두의 인생은 봄볕처럼 빛나고 있었다. 그 이야기들은 봄볕 아래에서 더욱 선명하게 보였다.

요즘은 어느 때보다 마음이 좋다. 모든 면에서 나아지

고 있다고 느낀다. 나를 괴롭히던 막연한 조급함도 점점 옅어지고 있다. 모든 일이 원하는 대로 되지 않더라도 그럭저럭 견딜 수 있겠다는 초연한 마음도 생겼다. 이 모든 변화가 계절처럼 자연스럽게 느껴졌다.

언젠가 내 인생은 추운 봄을 지나고 있다고 말한 적이 있다. 겨울은 한 차례 지나갔으나 한기가 남아 여전히 움츠려 있는 상태였다. 어쩌면 내 삶은 이제 막 어지럽고 혹독한 겨울을 지나 완연한 봄을 맞이하고 있는지도 모르겠다. 요즘은 매일 매일을 기대하며 살아가고 있다. 그것이 가끔은 감당하기 어렵고 벅차기도 하지만, 그 또한 봄이기에 겪는 일이라 여긴다.

어제는 잠들기 전에 이런 생각이 떠올랐다. '둥둥 떠다니는 기분이 들어. 발이 닿지 않는 곳에서 튜브에 의지한 채 어디로인가로 흘러가고 있는 거야. 어디로 가는지도 모르는 채 계속 나아가고 있어.' 그런 기분에 휩싸이자 몸이 긴장되고 식은땀이 흘렀다. 나를 살아가게 만드는 모든 것이 공허하게 느껴졌다. 이내 스스로 대답했다. '흘러가는 대로 살아가면 어때. 지금까지도 정처 없이 잘 헤쳐 나갔잖아. 그럼에도 돌아보면 꽤 만족스러운 삶이었어. 나는 앞으로의 삶도 그럴 것이라고 믿어.' 그러자 스르르 긴장이 풀리고 이내 눈꺼풀이 무거워지면서 깊고 편안한 잠에 들었다.

오늘 아침에는 아스팔트 위에서 봄볕을 발견했다. 그것은 분명 봄볕이었다. 겨울의 볕과 봄볕 사이에는 선명하게 구분될 수 있는 차이가 있다. 햇빛의 색감과 온도, 공기의 습도와 냄새, 길 위에 반사되는 정도, 내리쬐는 기운, 그 아래서 사람들이 걷는 속도와 표정은 사뭇 다르다.

봄볕 아래에서는 천천히 걷게 된다. 봄볕 아래에서는 밝은 노래를 듣게 된다. 봄볕 아래에서는 더 작은 것들을 살피게 된다. 봄볕 아래에서는 지나간 사람보다 다가올 사람을 생각한다. 길고양이처럼 손에 잡히지 않는 불안도 봄볕 아래에서는 가만해졌다.

시절이 담긴

음식들

지인들과 '인생 음식'에 대해 이야기를 나눈 적이 있다. 살면서 가장 기억에 남는 음식들, 아무리 생각해봐도 비싸거나 특별한 것보다는 소소하고 흔한 것만이 떠올랐다. 어느 시절이 담긴 음식들이었다.

예를 들어, 나는 깐풍기에 대한 애틋한 마음이 있다. 지갑이 얇던 대학생 시절이었다. 생일같이 특별한 날이면 친구들과 돈을 조금씩 모아 중국집에서 식사와 술을 해결하곤 했다. 주로 네댓 명이 모여 탕수육과 이과두주 두어 병을 시켜놓고 사장님께 애교를 부려 짬뽕 국물을 얻어먹었다. 중국집에서 우리는 지금의 처지를 슬프게 여겼다. 언젠가 우리가 취직을 하고 돈도 벌면 그때는 탕수육이 아니라 깐풍기를 시켜 먹자, 중국집에는 비싼 요리들이 많지만 일단은 깐풍기부터 시작하는 거야. 우리는 매번 그런 이야기를 했었다. 십여 년이 지난 지금도 그 기억이 생생해서, 중국집에서 요리를 시킬 때면 늘 깐풍기를 고른다. 왠지 깐풍기를 먹는 일은 모든 것이 막연하고 불안했던 그 시절의 나에게 전하는 위로처럼, 그런대로 잘 살아왔다는 증거처럼 느껴진다.

더 어릴 적을 생각하면 할머니가 만들어주시던 식혜가
떠오른다. 명절이 되면 손주들을 위해 며칠 전부터 식
혜를 손수 만들어놓으셨다. 할머니가 만든 식혜는 밥알
이 무척 많이 들어 있었다. 그래서 식혜를 마실 때는 결
국 큰 숟가락으로 여러 번 퍼먹어야 했는데, 아마도 어
린것들을 배불리 먹이고 싶은 마음이었을 거다. 게다가
식혜는 너무 달지도 않아서 갈증이 날 때마다 얼음이
서릴 정도로 찬 것을 벌컥벌컥 마시고는 했다. 내가 중
학생쯤 되었을 때였던가, 할머니는 더 이상 식혜를 만
들지 않게 되었다. 그것은 노쇠하고 피로해진 몸과 전
부 말라버린 삶의 의지를 전하는 것만 같았다. 그래서
식혜를 더 이상 맛볼 수 없다는 아쉬움보다는 할머니에
대한 서글픈 마음이 더 크게 다가왔다. 그 이후에도
종종 캔에 담긴 식혜나 시장에서 파는 것들을 마실 때
는 있었지만 인공적인 단맛이라든지 간신히 느껴지는
밥알을 목으로 넘기다 보면 여지없이 할머니가 만들어

주던, 이제는 먹을 수 없는 그때의 정성스럽고 든든한
식혜가 생각났다.

그 외에도 나와 오래도록 함께 살아가는 음식들이 있
다. 청량초등학교 앞 분식집 떡볶이, 아버지의 된장미역
국과 엄마의 된장찌개, 할아버지가 사주시던 보름달빵
과 흰 우유, 독서실 휴게실에서 친구들과 먹던 라면볶
이, 교환학생 시절 가장 그리워했던 왕십리 뼈다귀해장
국, 춘천 훈련소 앞에서 먹었던 닭갈비, 연애할 때 자주
찾았던 손두부집 전골, 여행 중에 마신 수제 토마토 주
스……. 그렇게 내가 먹은 음식들에는 어느 한 시절이
담겨 있었고 그 조각들이 모여 지금의 내 삶을 이루고
있다.

작은 기쁨을

페어

문득 익숙했던 풍경이 처음 만난 것처럼 낯설게 보일 때가 있다. 그럴 때마다 나는 존재에 대한 경이로움을 느낀다. 예를 들면, 강변을 산책하던 중 내가 걷고 있는 다리 아래로 엄청난 양의 물이 흘러가고 있다는 사실에 문득 놀라고는 한다. 어디에서인가 강물이 끊임없이 내려오고 또 어딘가로 흘러가고 있다는 것을 나는 당연하게 여기고 있던 것이다. 수면 위에 여러 새들이 머물고 있는 모습도 그렇다. 이런 도시에서도 부드러운 깃털을 가진 새들은 아무 일 없다는 듯 인간과 함께 살아간다. 몇 십 년 혹은 몇 백 년은 그 자리를 지켰을 나무들도 존엄하게 생각된다. 바스락거려서 모두 말라죽은 것 같은 나무도 봄이 오면 푸른 잎을 피워낸다.

시장에 들어서면 더욱 생경한 체험을 할 수 있다. 이른 아침이면 진입로에서부터 수많은 얼굴들이 강물처럼 흘러간다. 아이부터 청년, 어르신까지 다양한 시간을 건너온 사람들을 바라보면, 각자 얼마나 많은 기쁨과 고통의 나날을 품고 있을지 상상조차 할 수 없다. 그들은 모두 저마다의 문제에 직면해 있을 것이다. 간절한 소망과 좌절 사이에서 체득한 자신만의 용기를 갖고 있을 것이다. 누구와도 견줄 수 없는 고유한 이야기를 지니고 있을 것이다. 그런 생각을 하면, 그들이 차지하는 공간에 비해 그들의 삶이 밀도 높게 느껴져서 어지럼증이 생길 정도다.

2

익숙한 것을 낯설게 바라보는 방법을 가르쳐준 사람이 있다. 대학 시절 다큐멘터리 수업을 들었을 때였다. 한번은 다 함께 인사동으로 출사를 나갔는데, 교수님은 아주 자그마한 것들을 찍으셨다. 예를 들면, 어느 골목에 있는 전기 계기판을 찍는 식이었다. 거기에는 거친 손글씨로 '안동찜닭(안산시청) 031-×××-××××'라고 적혀 있었다. 의문스럽게 바라보는 내게 교수님은 말했다. 이야기를 상상해보라고, 자신이 운영하는 가게에 누군가 찾아왔으면 하는 바람으로 펜을 들고 적고 있는 장면이 떠오르지 않냐고, 그것도 안산에서 올라와 서울

인사동을 구경하던 중 문득 자신의 가게 전화번호를 써야겠다고 떠올린 그 마음을 헤아려보라고 말이다. 그는 사진이란 단편적으로 눈에 보이는 것뿐만 아니라 그 이면에 담긴 이야기를 드러내야 한다고 했다. 그런 사진을 찍으려면 익숙한 풍경에서 남들이 보지 못하는 작은 것들을 발견할 수 있어야 한다고 했다. 이것을 나는 지금도 연습한다.

3

요즘 나의 일상은 조용하고 일정하게 반복된다. 재미있는 일이 없어 심심하다고 느끼는 날이 많다. 이런 내게 지금 필요한 것은 낯설게 보는 눈이다. 내 주위에는 각자가 가진 아름다움과 이야기가 이미 깃들어 있다. 다만 그것을 보려는 마음이 필요하다. 새롭게 내리쬐는 햇살, 뛰어노는 아이들의 웃음소리, 매일 조금씩 자라나는 화분 속 허브, 케이크를 들고 가는 사람들의 발걸음……. 나는 그들에게서 찾은 작은 기쁨을 꿰어 삶을 엮어 나가야 한다.

영원히 머물고 싶은

순간

어제는 고레에다 히로카즈 감독의 영화 〈원더풀 라이
프〉를 보았습니다. 줄거리는 다음과 같습니다. 죽은 사
람들은 천국으로 떠나기 전 어느 공간에 머뭅니다. 그
리고 삶에서 가장 기뻤던 기억 하나를 고릅니다. 그 기
억을 영화로 재현한 뒤 감상합니다. 그리고 그 순간에
영원히 머물게 됩니다. 사람들이 추억하는 순간은 제각
각입니다. 어린 시절의 소소한 날부터 연인과의 극적인
순간까지 다양합니다. 선뜻 고르지 못하는 사람도 있습
니다.

이 영화를 보고 있으면 '내가 평생토록 머물고 싶은 순
간은 언제일까?'라고 나 자신에게 묻게 됩니다. 딱 하
나만 골라야 한다는 조건이 어렵고 까다롭지만, 그래도
떠오르는 기억이 있습니다. 지중해에 위치한 아주 작은
섬이었습니다. 시간은 느리게 흘러가고 어느 누구도 바
쁘지 않은 곳이었습니다. 그날 머문 숙소는 깨끗했고
여주인은 친절했습니다. 아침마다 갓 만든 토마토 주스
와 부드러운 염소젖 치즈를 내어주었습니다. 식사를 마

치면 산책을 했습니다. 낯선 풀이라든지 벽의 색감이라 든지 길을 걸을 때마다 마주치는 모든 것이 신비롭고 호기심이 일었습니다.

숙소에서 조금 걸어가다 보면 해변이 나옵니다. 거대한 절벽으로 둘러싸인 그곳에는 레스토랑들이 모여 있습 니다. 야외 테이블에 자리를 잡고 레드 와인과 이 지역 의 전통 음식인 찜 요리를 주문합니다. 발밑에는 파도 가 조용히 출렁이고 바다에는 작은 배들이 흔들리고 있 습니다. 절벽 너머로는 붉은 해가 지고 있습니다. 일몰 을 바라보고 있으면 주위의 풍경은 어느새 모두 그림자 가 되었습니다. 그 순간만은 어떤 고통이나 슬픔도 느 낄 수 없었습니다. 오직 하나가 있었다면, 언젠가 그곳 을 떠나야 한다는 것뿐이었습니다.

영원히 머물고 싶은 순간이 있습니까? 만약 그렇다면 우리의 인생은 충분히 아름다웠다 말할 수 있겠습니다.

최고의

하루

최고의 하루를 상상해본다. 모든 것이 너무 완벽해서 잊을 수 없는, 그런 하루를 생생하게 그려보는 것이다.

그날 아침은 알람 소리 없이 시작된다. 눈이 저절로 떠지는데 원래 일어나야 할 시간보다 삼십 분은 일찍 깬다. 그런데도 전혀 몸이 찌뿌둥하거나 피로하지 않다. 간밤에 꾼 꿈이 기억나지 않을 정도로 말끔하고 상쾌한 수면이다. 어떠한 저항도 없이, 가볍게 몸을 일으키고 창문을 열어 바깥을 내다본다.

하늘은 무척 깨끗하고 맑다. 덥지도 춥지도 않은 계절이다. 새벽에 비가 내렸는지 바닥이 축축하지만 햇볕은 그림자가 질 정도로 따사롭게 비친다. 오래 걸어도 땀이 나지 않을 정도로 선선한 바람도 분다. 이토록 티 없이 깨끗한 풍경을 바라보면, 마치 갓난아이를 보듯 웃고 싶은 마음과 울고 싶은 마음이 동시에 쏟아져 나온다. 나는 날씨에 따라 그날의 마음가짐이 달라지는 인간이기에, 창문에 기대어 오늘 하루는 분명 평온한 날이 될 것이라 예언해본다.

그날은 아무런 계획이 없다. 해내야 할 일도 없다. 그저
바닷가 주변을 천천히 산책한다거나 단골 카페에 들러
커피를 마신다거나 공원 벤치에 앉아 책을 읽는다는 정
도의 가벼운 목표만을 떠올린다. 이것은 참 오랜만에
갖는 여유다. 머리를 비우고 시간을 천천히 흘려보내는
것을 오늘의 일과로 삼기로 한다.

조금 무료하다 싶으면 가볍게 입고 바닷물에 몸을 담근
다. 수영은 잘 못하지만 파도에 흔들리며 수면 위에 둥
둥 떠 있는 것만으로도 즐겁다. 바닷물은 햇빛에 충분
히 데워져서 체온과 비슷하게 느껴진다. 물놀이를 즐기
고는 이내 뭍으로 나온다. 돗자리에 앉아 젖은 몸을 바
닷바람에 천천히 말린다. 미리 챙겨 온 샌드위치로 허
기진 배를 달래고, 조금 이른 시간이지만 얼음을 탄 맥
주도 시원하게 들이켠다. 살짝 취기가 올라오니 기분이
더욱 좋아진다.

저녁에는 사랑하는 친구들과 만난다. 저녁 식사로는 향이 독특한 어느 외국 음식을 먹어본다. 친구가 추천한 음식점인데 모두의 입맛에 너무나 잘 맞았다. 식사를 한 뒤에는, 골목 사이사이를 걷다가 우연히 발견한 오래된 바(bar)에 들어간다. 그곳은 주로 쳇 베이커나 빌 에반스, 엘라 피츠제럴드의 음악을 틀었다. 우리는 1960년대 재즈 음악을 들으면서 지난 추억을 나눈다. 그리고 종종, 별다른 이유도 없이, 그저 '너무 좋다'라는 말을 남발한다. 가끔씩 생기는 침묵도 그리 어색하지 않다. 우리는 모두 말없이 음악을 듣고 술을 마시고 노을을 바라보며 더 나은 내일을 기대한다.

이런 날은 내게 다시는 찾아오지 않을, 언제인가 스쳐 지나왔던 순간들의 모음이다. 나는 파편적으로나마 이런 날들이 나에게 찾아왔고, 그것을 기억할 수 있다는 사실에 감사한다. 어쩌면 내가 과거를 그리워하는 이유는 너무도 당연하다. 멀리서 바라보면, 각각의 기억들이

칵테일처럼 서로 흔들리고 뒤섞여서 아름다운 색깔을
갖기 때문이다.

그러나 지나간 시간은 되돌아오지 않는다. 그러니 그저
앞으로 내가 해나갈 일은 더 나은 최고의 하루를 상상
할 수 있도록, 나를 붙잡는 순간들을 천천히 모아가는
것뿐이다.

여름과

자전거

여름이 왔다. 계절의 경계가 무엇이고 또 어디까지인지는 모르겠지만, 나는 여름이 왔음을 단번에 느낄 수 있었다.

여름이 오면 잠들어 있던 자전거를 꺼낸다. 올봄부터 복도에 놓인 자전거가 눈에 밟혔다. 그러나 나는 천성이 게으른 사람이어서 '꼭 해야만 하는 순간'이 올 때까지 먼저 움직이는 일이 없다. 그러다가 따가운 햇살과 후텁지근한 공기를 마주한 순간, '아, 이제는 자전거를 꺼내지 않으면 안 되겠구나'라는 마음이 충동적으로 일었다.

잠들어 있던 자전거에는 회색빛 먼지가 쌓여 있었다. 나는 조금 미안한 감정으로 자전거를 들고 밖으로 나갔다. 그리고 햇살을 비추어준다. 아주 오랜만에 만나는 볕일 것이다. 동굴 같은 곳에서 반년을 보내서 그런지 몰골이 말이 아니었다. 바람 빠진 바퀴는 오래 굶은 사람처럼 푹 퍼져 있었다. 우선은 그를 씻기어야겠다고 생각했다. 먼저 등목을 해주듯 엎드려 있는 자전거에 물을 끼얹는다. 그리고 축축한 걸레로 묵은 먼지를 쓱쓱 닦는다. 브레이크 선도 부드럽게 감싸 내려가고, 손잡이와 역삼각형 모양의 프레임도 원래 색깔을 되찾을 때까지 정성스럽게 문지른다. 구석구석, 손이 잘 안 닿는 부분도 신경 써야 한다. 이런 디테일은 누구도 알아주지 않지만, 어쨌든 오늘이 아니면 다음 여름 때까지 남아 있게 된다. 걸레가 새까맣게 변했을 때 자전거는 옛 모습을 되찾았다. 여전히 늘씬하고 세련된 자전거였다.

단장을 마쳤으니 이제는 바퀴에 바람을 넣어줄 차례다. 깔끔해진 자전거를 집 근처 자전거점까지 끌고 간다. "바퀴에 바람 좀 넣으려고요"라고 말하자 주인은 묻는다. "그래, 어댑터는 있고?" 나는 조그만 어댑터를 주머니에서 꺼내 보인다. 자전거마다 공기 주입구의 종류가 다르기 때문에, 밸브를 변환해주는 어댑터가 필요하다. 주인은 알겠다는 듯 고개를 돌려 다른 손님을 맞이했다. 나는 무릎을 굽혀 바퀴를 붙잡고 바람을 넣어준다.

홀쭉했던 바퀴가 금방 차올라 단단해졌다. 손가락으로 바퀴를 치니 '통통' 맑은 소리가 났다. 나는 배고픈 후배에게 밥을 사 먹인 것처럼 뿌듯한 마음이 들었다.

원래는 바퀴에 바람만 넣고 집으로 갈 생각이었으나, 말끔해진 자전거를 보니 마음이 바뀌었다. 자전거를 타고 한강을 따라 곧장 여의도공원까지 달렸다. 사람들이 강가에 돗자리를 펴고 앉아 즐거운 듯 이야기를 나누고 있었다. 땀은 기분 좋은 만큼만 났다. 바람을 맞으면 팔다리가 민트처럼 시원할 정도로 습기가 올랐다. 그날따라 이상스럽게 기분이 좋았다. 아마도 미루어둔 일을 해냈다는 점과 여름 바람을 온몸으로 실컷 맞았다는 사실과 내 손으로 무언가를 더 나은 상태로 만들었다는 성취감 때문일 것이다. 내 주변에 있는 것들이 더 나은 상태가 되었다는 것은 분명 좋은 일이다.

나는 집으로 돌아가 자전거를 제자리에 두고 작은 일들을 하기 시작했다. 자전거를 정비하면서 얻은 기쁨은

관성처럼 나를 또 다른 성취로 이끌었다. 밀린 설거지를 하고, 청소기를 돌리고, 광이 나도록 인덕션을 닦고, 폐건전지를 모아 버리고, 필요한 생활용품을 구매하고, 책을 정리하고, 아내의 푸념을 가만히 들어주었다. 밤이 되어 침대에 누웠을 때는 "오늘 하루, 정말 잘 보냈다"라고 소리 내어 말했다. 여름이 오면서 내 안이 무언가로 다시 충만해졌음을 느꼈다.

명 랑 한

사 람

나는 늘 무언가를 잃어버린 사람처럼 지내왔다. 지금 생각해보니 아무래도 그건 '명랑함'인 것 같다. 중학생 무렵부터 애늙은이 같다는 말을 종종 들었다. 그 시절의 나는 친구들에 비해 말수가 적고 냉소적이었다. 감정을 표현하는 일에도 서툴렀다. 어릴 적 아픈 상처로 인해 철이 너무 빨리 들었던 탓이다. 그러니까, 내가 명랑함을 갖고 있던 시기는 남들보다 무척 짧았던 것 같다.

명랑한 사람을 만나면 신비로운 마음으로 바라보게 된다. 명랑한 사람은 주변에 즐거워할 만한 일들이 넘친다. 긍정적이고 낙관적인 에너지가 흐른다. 목소리 톤이 높고 하고 싶은 말이 많으며 무엇보다도 리액션이 크다. 내게는 그저 그런 시시한 사건들도 그들에게는 웃을 수 있는 이유가 된다. 분명히 나와 같은 세계에 서 있는데도, 내가 고통과 권태를 오락가락하는 동안 그들은 그 속에서 즐거워질 이유를 쉽게 찾아낸다.

나는 명랑한 마음이 들어오려고 할 때면 문을 꼭 잠가

두었다. 이토록 고통스럽고 난폭한 세상에서 명랑한 마음을 갖는다는 것이 어쩐지 죄스럽게 생각되었다. 아니, 어쩌면 부드럽고 연약한 내 속마음을 남들 앞에 드러내는 일이 부끄럽고 수치스러웠는지도 모른다. 사람들이 나를 모자라고 어설픈 인간으로 생각할지 모른다는 두려움도 있었다. 막상 나는 명랑한 사람을 그렇게 바라본 적이 없다. 오히려 존경심마저 갖는 편이었다.

내가 다시 명랑한 사람이 될 수 있을까. 그건 아마도 어려울 것이다. 내가 기억하지 못하는 나로 되돌아갈 수는 없다. 그럼에도 조금이나마 그들을 닮고 싶다고 자주 생각한다. 어느 책에서 이런 문장을 발견했다. '세계는 결국 사람들의 정신에 나타난 세계다. 마음의 상태나 마음의 수준에 따라서 우리는 그때마다 다른 세계에 산다.' 내가 명랑한 세계에서 살아갈 수는 없더라도, 가끔 여행 정도는 다녀올 수 있지 않을까. 잠시만이라도 내 안에서 명랑함을 발견하는 순간이 찾아오지 않을까. 요즘은 그런 소망을 품고 살아간다.

제주에서

지난 며칠간 제주에서 아침을 맞았다. 창밖에는 봉긋하게 솟아 있는 오름이 짙은 푸른색으로 나를 반겼다. 안개인지 비인지 모를 습한 기운이 바닥을 느린 속도로 축축하게 적셨다. 나무들도 쉽게 흔들리지 않는 고요가 이곳에 있었다. 좋은 날씨였다.

제주에서는 어디를 가든 오름이 보였다. 오름은 산봉우리의 제주 방언이다. 설문대 할망이라는 여신이 한라산을 만들기 위해 흙을 옮기다가 떨어져서 생겼다는 설화가 있다. 그 이야기를 알고 나서는 멀리 서 있는 오름이 거대한 수호신처럼 느껴졌다. 어떤 신비로운 존재가 나를 지켜보고 있다는 것은 안정적이고 경건한 마음을 갖게 했다.

또 하나 인상적인 것은 돌탑이었다. 길 곳곳에 구멍이 뚫린 현무암이 불규칙적으로 쌓여 있었다. 돌의 수만큼 각자의 염원이 단단히 올려져 있었다. 나도 돌 하나를 얹어볼까 하고 주변 바닥을 살펴보다가 이내 마음을 접었다. 생각해보니 더 바라는 것이 없었다. 소망이란 간절하고 생동하는 힘이 되지만, 반면에 소망이 없는 삶또한 얼마나 순수하고 아름다운가에 대해 생각해보았다. 혹은 그저 재미없는 사람이 되어버린 것일지도 모른다. 그래, 아무래도 후자다.

가장 기억에 남는 곳은 가파도다. 가파도는 제주도 본섬과 마라도 사이에 있는 섬이다. 자전거를 타고 한 바퀴를 둘러보는 데 삼십 분도 걸리지 않을 만큼 작은 섬마을이었다. 가파도의 깨끗한 바닷바람은 세상살이에지친 마음을 치유하는 힘이 있었다. 서울에서는 볼 수없는 모양의 나무와 꽃을 보는 즐거움도 있었다. 이곳에서 살아간다면, 다소 심심하기는 할지언정 몸과 마음은 누구보다도 건강해질 것이다. 내가 원하는 건 심심하고 건강한 삶인가, 복잡하지만 극적인 삶인가. 나는여행할 때마다 그런 고민들을 자주 떠올렸다.

그 고민은 금방 무용한 것으로 드러났다. 제주에서의

시간은 빠르게 흘러갔다. 나를 기다리고 있는 것들을 따라 제주를 떠나는 날에도 자꾸만 뒤를 돌아보게 되었다. 아직 바닷물이 남아 있는 신발로 길가에 발자국을 남겼다. 잠시 머무른 나를 기억해달라는 듯 지그시 눌렀다.

구름을

보는 일

구름 보는 일을 좋아한다. 함선처럼 커다랗고 솜사탕처럼 몽실한 덩어리가 우리 머리 위를 둥둥 떠다닌다는 사실이 아직까지도 신비롭게 느껴진다. 어릴 적에는 구름이 예쁜 날이면 하루 종일 하늘만 바라보고는 했다. 새로 산 카메라를 들고 구름 사진만 찍으러 다녔던 시절도 있었다. 구름 위를 섬처럼 걸어 다니거나 푹신한 거위털 이불이 덮인 침대인 것처럼 그곳에 누워 있는 상상을 자주 했다.

구름은 종류에 따라 예쁜 이름들을 가졌다. 새털구름, 조개구름, 햇무리구름, 뭉게구름, 산봉우리구름, 더미구름, 안개구름……. 그중에서도 나는 양떼구름을 제일 좋아한다. 작은 구름 덩어리가 넓게 늘어선 모습이 마치 양이 무리 지어 있는 모습과 같아서 붙여진 이름이다. 구름 덩어리들이 하늘색 초원을 떠다니며 어디로인가로 향하고 있는 양 떼라고 생각하면 삶이 마치 한 편의 동화처럼 느껴진다. 갈라진 구름 덩어리들 사이로 내리는 빛줄기를 바라보면, 종교를 믿지 않는 나조차도

세상을 만드는 데 기여한 어떤 신성한 예술가의 존재를
상상하게 된다.

가끔씩 구름의 모양으로 나의 내면을 점쳐보기도 한다.
우리는 보이는 대로 보기보다는 자신이 보고 싶은 대
로 보는 경향이 있기 때문이다. 그러니까, 내 눈에 비친
구름을 바라보며 내 마음을 헤아려보는 것이다. 커다란
비행기 모양의 구름을 만나면, 나는 아무래도 여행을
떠나고 싶은가 보다, 하고 생각했다. 강아지 모양의 구
름을 만나면, 무지개다리를 건너간 귀여운 친구가 아직
내 마음에 남아 있구나, 생각했다. 구름은 가끔 그렇게
동물이나 사물로 보이고는 했는데, 사실은 내 마음처럼
형태를 갖추지 못하고 희미하게 이리저리 흩어진 모양
이 대부분이었다.

언제나 나의 주변에 있지만 쉽게 잊히거나 당연하게 여
겨지는 것들이 있다. 나는 여유가 사라질수록 그런 것
들을 최대한 놓치지 않으려고 노력하는데, 구름을 보는

일은 그런 의미에서 하나의 의식이자 지표가 된다. 나는 구름을 볼 때마다 내 곁에 있는 크고 작은 것들에 귀기울일 수 있기를, 그런 마음이 오래도록 떠나지 않기를 소망했다.

무언가를

좋아한다는 것

어릴 적의 나는 다소 밋밋하고 따분한 존재였는데, 그 것은 취향이 없었기 때문이었다. 고상한 취미를 말하는 게 아니다. 내가 무엇을 좋아하는지, 그것을 어떤 방식 으로 사랑하고 있는지에 대한 이야기다. 나는 그 질문 에 대해 자신 있게, 그리고 명징하게 말하기까지 꽤나 오랜 시간과 많은 시행착오를 겪었다. 무언가를 진정으 로 좋아하기 위해서는 일정 수준 이상의 집요함이 필요 하기 때문이다.

거칠게 나누자면, 좋아하는 것에는 두 가지 종류가 있 는 것 같다. 하나는 티셔츠에 새겨 입고 다닐 만큼 자랑 하고 싶은 것. 또 하나는 다른 사람들에게 차마 말하기 부끄러운, 어떤 면에서는 은밀한 것이다.

이를테면 나는 티셔츠에 이러한 것들을 담을 수 있다. 맥주와 하이볼, 수박, UFC, 한국의 인디 뮤지션, 일회용 필름 카메라, 팟캐스트, 고레에다 히로카즈 감독의 영 화, 무라카미 하루키의 《상실의 시대》, 강릉의 안목 해변……. 이것들은 단순히 선호의 영역은 아니다. 좋아하는 이유를 분명히 설명할 수 있고, 전시할 수 있으며, 좋아한다는 사실만으로도 일종의 자부심을 가지는 것들이다. 나는 내 마음을 크게 움직이는 것들에 시간을 들였다. 잔잔한 고여 있는 마음에 언제든 파도를 일으킬 수 있는 존재들은 아무래도 오래도록 곁에 두고 싶은 것이다.

반면에 누구에게나 굳이 말하지는 않지만 좋아하는 것들이 있다. 예를 들면, 나는 누군가가 나의 등을 긁어주는 일을 좋아한다. 종종 아내에게 등을 내밀며 긁어달라고 요청한다. 그러면 등의 이쪽저쪽을 슬슬, 적당히 시원할 정도로 긁어준다. '내 손이 닿지 않는 곳을 당신에게 맡긴다.' 함께 가까이 살아간다는 건 서로의 등을 긁어줄 수 있다는 의미이기도 했다. 등을 긁어줄 수 있는 사이라는 게 왜인지 상징적이라고 여겨진 순간 나는 그 일을 반기고 좋아하게 되었다.

요즘은 무언가를 좋아할 수 있다는 것이 타고난 재능이나 초능력처럼 느껴지기도 한다. 특정 대상에 관심을 갖고 자신의 일정 부분을 버리고 미련하게 시간을 쏟을 수 있는 자만이 무언가를 좋아할 수 있기 때문이다. 그래서 나는 그 사람의 성격 유형보다도 무엇을 좋아하는지, 그것을 왜 좋아하는지가 그 사람을 더 잘 설명한다고 생각하는 편이다. 나도 그렇게 설명될 것이다.

무 제

1

지난주에 라식 수술을 했다. 수술을 하고 난 뒤 가장 좋은 건 '빛 번짐'이었다. 빛의 가장자리 경계면이 번져 보이는 현상을 말한다. 시간이 지나면서 자연스럽게 완화된다고 한다. 라식 수술 후 나타난 빛 번짐 증상은 나에게 불편함이 아니라 새로운 기쁨이었다. 빛이 이렇게 아름다울 수 있다니. 빛이 닿는 모든 것이 이토록 따뜻하고 환하게 빛날 수 있다니. 나는 요즘 경이로운 마음으로 일상을 바라보고 있다.

2

무당거미가 전봇대를 잇는 전선 사이로 집을 지었다. 위태로울 만도 한데 바람에도 제법 튼튼하게 견딘다. 거미는 기압에 민감한 동물이다. 그러니까 거미집이 있다는 건 당분간 비가 내리지 않는다는 뜻이었다. '내일 날씨도 오늘처럼 맑겠구나' 하며 가을볕에 반짝이는 거미줄을, 그 뒤로 넓게 펼쳐진 하늘을 오래도록 바라보았다.

3

어느덧 가을이 끝나간다. 가로수는 벌써부터 겨울나기
를 준비한다. 군데군데 거친 껍질이 벗겨졌다. 그 사이
로 하얀 속살이 드러나 있다. 나는 저토록 희고 순수한
마음을 내보인 적이 있었던가. 문득 자기 자신을 아보
카도에 비유한 사람이 떠올랐다. 아보카도처럼 겉과 속
이 다르다는 의미였다. 단단한 껍질이 자신의 전부라고
착각하며 살아갔다고 했다. 그게 너무 내 이야기 같아
서, 마치 나에게 내리는 진단처럼 들렸다. 그때 나는 어
떤 표정을 지었더라. 반가워했나, 안쓰러워했나. 아니면
모르는 척 조용히 고개를 끄덕였던가. 기억이 잘 나지
않는다. 아마도 전부일 것이다.

4

아침에 나를 비추는 햇볕을 사랑한다. 아침 볕은 나를
아프지 않을 정도로 가득 안아준다. 단단하고 무거운
어깨를 따뜻하게 매만진다. 불쾌하고 취약한 존재에게
도 미소를 짓고 공평한 사랑을 내어준다. 세상은 여전

히 아름다우며 세상의 일부인 너조차도 아름답다고 보여준다. 어제 일은 잊어버리라고, 다시 한 번 해보자고 말한다. 기어코 오늘을 기대하게 만든다.

첫 번째

겨울

오늘 처음 마주한 공기가 시리도록 추웠다. 잠에서 깨고도 이불 속에만 있고 싶었다. 으슬으슬한 몸을 일으켜 두꺼운 옷으로 갈아입는다. 창밖 새벽 풍경이 파란색이다. 그 위로 주홍빛의 햇볕이 점점 번지고 있었지만 여전히 도시에는 푸르스름한 기운이 감돌고 있다. 분명히 겨울이 오고 있다.

내게 겨울을 알리는 표지는 입김이다. 겨울이면 나는 습관적으로 입김을 확인한다. 허어- 하고 뜨끈한 숨을 내뱉으면 하늘을 향해 입김이 퍼져 오른다. 고민이든 걱정이든 짜증이든 모두 한데 끌어모아서 허어- 하고 호흡을 내뱉으면 어느새 공중에서 사라지는 것만 같다. 그것은 묘한 위로가 된다. 평소에는 한숨이었던 것이 겨울에는 입김이 된다는 사실은 어떠한 의미도 없지만, 내 주위의 달라진 점을 알아차리는 일은 늘 즐겁다.

겨울이 오면 떠나가는 것들에 대해 생각한다. 푸른 잎사귀라든가 지저귀는 새소리, 운동장에서 축구하는 아

이들, 자전거를 타거나 산책하는 사람들, 한강 공원에
펼쳐놓은 돗자리, 발가락 사이사이에 바람이 시원하게
드는 샌들, 옥탑방 평상에서 구워 먹는 삼겹살, 노상에
서 마시는 차가운 생맥주 한 잔. 이런 것들이 벌써부터
그리워진다. 그러나 곧 다시 돌아온다는 걸 알기에, 봄
과 여름과 가을을 더 누리지 못한 아쉬움은 이내 다짐
이 된다.

만약 오십 년을 더 살게 된다면, 앞으로 내게는 쉰 번의
겨울만이 주어진다는 의미다. 그렇게 생각하면 겨울 하
나하나가 너무나 소중하게 생각된다. 마치 상자에서 귤
을 하나씩 꺼내 먹다가 문득 남은 귤이 오십 개라는 걸
알았을 때처럼 말이다. 분명히 많은 숫자이긴 한데 충
분하게 느껴지지 않는다. 유한한 것을 무한한 것이라고
착각한 사람이 으레 겪는 혼란스러움일까. 이제부터라
도 매 겨울을 꺼내 먹을 때마다 한 알 한 알 음미한다거
나, 지난겨울과 어떻게 다른지를 비교해가는 즐거움이
내게는 필요할 것이라 생각해본다.

밖을 나서니 사람들의 옷이 두툼해졌다. 장터에서 가마솥 한가득 끓이는 곰국에서도, 붕어빵 아저씨의 반가운 동작에서도 흰 연기가 피어난다. 내게 남아 있는 것들 중 제일 첫 번째 겨울이 오고 있었다.

시장에

가면

시장을 찾았다. 이른 시간인데도 사람들이 북적였다. 한 겨울이라 사람과 사람 사이에서 따뜻한 입김이 새어 나 왔다. 좁은 길에 과일이나 채소, 생선 같은 것을 종류별 로 펼쳐 놓고, 저마다 큰 목소리로 손님들을 불러 모았 다. 벌써부터 사람들은 옹기종기 가판에 앉아 감자전에 소주를 들고 있었다. 활기찬 분위기에 나도 덩달아 마 음이 들떴다.

한쪽에서는 동지를 맞이하여 큰 가마솥 서너 개에 팥 죽과 호박죽을 가득 쑤고 있었다. 바닥이 누르지 않도 록 나무 주걱으로 저어주는 모습이 분주하다. 가마솥에 는 굵은 팥알과 찹쌀이 붉게 찼고, 그 사이로 흰 새알심 이 둥둥 떠 있다. 팥죽이 끓기를 기다리는 손님이 줄을 섰다. 나는 동짓날에 사람들이 정말로 팥죽을 먹는다는 걸 몰랐다. 어쩌면 이런 풍습이 사라지지 않고 이렇게 오래 이어질 수 있는 걸까, 놀랐다.

정육점 앞에도 사람들이 줄을 길게 서 있었다. 무슨 일인가 보았더니 소고기 할인 행사를 한단다. 점원은 커다란 고깃덩어리를 즉석에서 솜씨 좋게 손질하고, 무게를 재어 손님에게 차례대로 건네주고 있었다. 앞줄에 선 아주머니들은 기다렸다는 듯 고기를 네 근, 다섯 근씩 사 갔다. 낮부터 약주를 하신 아저씨는 점원의 칼질이 굼뜨다며 나무랐다. 나도 줄을 서서 등심과 치마살을 한 근씩 샀다. 묵직한 봉투를 양손에 들고 돌아가는 발걸음이 즐거웠다.

나는 여전히 재래시장에 가는 걸 좋아한다. 시장에는 마트에서는 볼 수 없는 어린 상추가 있고, 인터넷에서는 검색할 일이 없는 궁채나물이 있다. 무엇보다도 그곳에는 사람들이 있다. 모든 사람이 친절한 것만은 아니다. 하지만 분명 숨을 쉬는, 살아 있는 사람들이 있다. 관심을 끌고 인사하고 몰두하고 체념하고 수다를 떨고 참견하고 거친 손길을 흔드는 사람들이다. 그래서인지 시장에 가면 살아 있다는 기분을 느낀다.

눈이 오는

풍경

어제 눈이 내렸다. 눈이 오는 날이면 세상은 한층 고요해진다. 눈보다도 그 고요함을 사랑한다.

나는 강릉에서 자랐다. 눈이 많이 내리는 도시였다. 한 번 눈이 내리면 무릎까지 쌓이고는 했다. 그래서 집집마다 넉가래를 구비하고 있다. 눈이 내리면 주민들은 마치 약속이라도 한 듯 일제히 넉가래를 들고 나와서 제설 작업을 했다. "나오셨어요? 오늘은 눈이 제법 왔네요." 이웃과 안부 인사를 나누면서 한마음으로 눈을 치우는 풍경은 마치 마을 축제처럼 느껴졌다.

어릴 적에는 눈사람을 곧잘 만들었다. 먼저 눈을 꼭꼭 뭉쳐서 동그란 모양을 만든다. 그리고 아무도 지나지 않은 눈밭 위로 살살 굴린다. 처음에는 진전이 없어 보여도, 요리조리 부지런히 굴리다 보면 금방 그럴듯한 눈 덩어리가 되었다. 내가 만든 큰 눈 덩어리 위에 동생이 만든 작은 눈 덩어리를 올려두면 눈사람이 되었다. 코와 양 볼이 빨개진 우리 눈에는 그 모습이 참 보기 좋았다. 누군가가 우리가 만든 눈사람을 치워버리려고 하면 마치 보물을 지키듯 필사적으로 막았던 시절이 내게도 있었다.

날이 따뜻해지면 눈사람은 사라진다. 아쉬움이 컸던 우리 형제는 눈사람이 냉동실에 있으면 평생 남지 않을까 생각했다. 곧장 작은 눈사람을 만들어 집으로 뛰어 들어갔다. 그리고 냉동실 한쪽에 조심스럽게 올려놓았다. 그날은 하루 종일 눈사람이 잘 지내고 있는지 확인하기 위해 냉장고 문을 계속 열어봤더랬다. 그 눈사람은 결국 어떻게 되었을까? 사실 기억이 나지 않는다. 아마도 부모님께서 조용히 치워버리고 우리는 매우 실망했겠지만, 그런 기억도 눈이 녹고 봄이 오면서 모두 잊었다.

눈이 오면, 마음이 괜히 싱숭생숭해지는 건 왜일까. 눈에 얽힌 좋은 기억과 나쁜 기억들이 소용돌이처럼 떠오르기 때문일까. 하지만 내가 눈을 보고 떠올릴 수 있는 기억은 모두 기쁜 것들뿐이다. 어쩌면 슬프고 고통스러운 기억들은 마음속 저 밑에 흙처럼 깔려 있고, 기쁘고 설레는 기억들이 눈처럼 내려 덮고 있는 것은 아닐까 상상해본다. 만약 그렇다면 내 마음속 풍경은 고요한 설원이었으면 한다. 내게 어떤 일이 있었든, 문득 뒤를 돌아보았을 때 눈으로 덮인 벌판이 펼쳐져 있다면 그건 분명 아름다운 삶일 것이다.

3

울음은 내일을 살아갈 준비가 된다

상처가

아물기 위해서는

상처가 아물기 위해서는 바깥으로 드러나야만 한다. 그
래서 인생은 지루할 틈이 없다. 우리는 모두 아물지 않
은 상처를 안고 살아가기 때문이다. 아주 조금씩, 두렵
고 부끄러운 마음으로 상처를 내보일 때 비로소 치유가
시작된다.

그럼에도

살아간다

평소 부정적인 말을 자주 하는 편이다. "너무 피곤해", "회사 가기 싫어", "요즘 재밌는 게 없어"라는 말들이다. 나는 이런 말을 한숨 쉬듯 쉽게 한다. 오히려 한숨이 낫다. 한숨은 위로라도 된다. 이런 말은 오히려 영혼을 좀먹는다. 나는 꽤 오랜 시간 부정적인 기운이 내 마음을 차지하도록 놓아두었다.

예전에 쓴 글들도 장맛날처럼 우중충했다. 어지러운 마음을 쏟아내듯 글을 쓰니 읽는 사람도 불편하게 느꼈다. 그때마다 아내는 "어둡고 슬픈 이야기도 좋지만 기쁘고 희망적인 이야기를 더 자주 쓰면 좋겠어"라고 조언했다. 꾸준한 관심과 격려는 내 마음을 천천히 바꾸어갔다.

그때부터 밝은 글을 쓰기 위해 의식적으로 노력했다. 그리고 새로운 글쓰기 습관을 들였다. 부정적인 문장 뒤에 '그럼에도'를 붙여보는 것이다. 그러면 자연스럽게, 어려운 상황 속에서도 다시 살아갈 이유를 찾게 되었다. 접속사 하나로 마음가짐이 달라졌다. 이를테면, '이 일은 힘들다. 잘 해낼 수 있을지 모른다'에서 끝난다면 어둡고 무거운 글이 된다. 그러나 뒤에 '그럼에도 해볼 만한 가치가 있다'를 덧붙이는 순간 마법처럼 희망적인 글이 된다.

이 일은 힘들다. 잘 해낼 수 있을지 모른다. / 그럼에도 해볼 만한 가치가 있다.

이런 식으로 지난 삼 년 동안 글을 썼다. '그럼에도'의 글쓰기는 나를 더 나은 사람으로 만들었다. 좋은 글을 쓰면 좋은 사람이 된다. 글은 생각이기도 하고 말이기도 하며, 동시에 나 자신이기 때문이다. 더 나은 자신을 만드는 노력과 동시에 필요한 것은 현재 처한 상황 속에서 희망을 찾아내는 일이다. 우리는 어찌 됐든, 그럼에도 살아가기 때문이다.

한 번은 글쓰기에 관해 인터뷰를 한 적이 있다. 나는 생각을 정리해서 말하는 것에 서툴렀지만, 그래도 이 질문에만큼은 진심을 다해 대답하고자 했다. 정여울 작가는 '우울함'을, 한강 작가는 '절박함'을 원동력 삼아 글을 쓴다는데, 나의 경우는 어떠냐는 질문이었다. 나는 곰곰이 생각해보다가 이렇게 대답했다.

"저는 다시 살아가려는 힘이 필요할 때 글을 써요. 마치 우울한 사람이 다시 살아보려고 방 청소를 하는 것처럼요. 그동안 널브러져 있던 감정들, 여기저기 흩어져 있던 생각들을 모아서 글로 정리하는 거죠. 저는 개인적으로 글 쓰는 과정이 그렇게 즐겁진 않아요. 오히려 괴로울 때가 많아요. 그런데 글이 완성되었을 때 기분이 후련해요. 내일부터는 다시 제대로 살아갈 수 있겠다는 생각이 절로 들어요. 마치 방 청소를 끝낸 사람처럼요."

이 말을 하고 나서도, 막 옷장 정리를 끝낸 사람처럼 후련했던 것 같다. 무엇이 먼저인지는 잘 모르겠다. 다시 살아가려는 마음이 들 때 글을 쓰는 건지, 글을 쓰니까 다시 살아갈 힘이 생기는지 말이다. 그러나 이 둘이 연결되어 있다는 것만은 분명하다.

울음은

내일을 살아갈 준비가 된다

종종 울고 싶어지는 날들이 있다. 그것은 언제나 밤이었고 혼자였고 술을 조금 마셨을 때 찾아왔다. 그럴 때면 울기 위한 재료를 찾아 나섰다. 줄여서 '울음 재료'라고 해야 할까? 슬퍼서 우는 게 아니라, 울고 싶어서 슬픈 것을 찾는 행위가 어딘가 이상스럽기는 하지만 그날만큼은 자연스러운 현상이 되었다.

내가 가장 즐겨 찾는 울음 재료는 남북 이산가족 상봉 방송이다. 최근에 유튜브를 통해 우연히 접하게 되었다. 1945년 남북 분단과 1950년 한국전쟁으로 따로 떨어져 생사조차 알지 못하는 가족들의 재회를 다룬 오래전 방송이다. 이들이 모니터를 통해 서로를 확인하고 기쁨의 눈물을 흘리는 장면은 어떤 드라마보다도 더 큰 감동을 전해준다.

이산가족들은 먼저 자신이 찾고 있는 가족이 맞는지 확인하는 시간을 갖는다. 이미 얼굴을 보면 서로가 너무나 닮았다는 것을 알 수 있지만, 그럼에도 이들은 신중하게 가족만이 알 법한 이야기를 묻는다. 이를테면, "고향이 어딥니까? 어떤 집에서 자랐는지 기억합니까? 어디서 헤어졌습니까?"라든지 "제 몸에 어떤 특징이 있는데 무엇인지 압니까?"라고 묻는 식이다. 몇 번의 문답을 주고받으면 얼굴에 담겨 있는 의심은 조금씩 확신으로 바뀌어간다. 끝내는 서로를 향해 부르짖으며 눈물을 흘리고 마는 것이다.

이산가족 상봉에서 "엄마!"는 세상에서 가장 슬픈 말이 된다. 다시 만난 가족들은 지금껏 이 세상에 혼자만 남겨진 줄 알았다며 지나간 사정들을 털어놓는다. 어떤 이는 다시 찾은 노모(老母)에게 "엄마가 열 밤만 자면 온다고 했어요. 그래서 계속 기다렸어요"라며 삼십 년 늦은 서러운 투정을 부리기도 한다. 가족과의 극적인 만남은 거친 세상살이를 지나온 어른들도 한순간에 어린아이로 만든다. 그 순간들은 울 줄 모르는 나에게 우는 법을 알려준다.

누군가에게 상처를 주거나 실망을 안겨줄 때, 그래서 나를 온 마음으로 미워하게 될 때마다 꺼내 보는 영화가 있다. 맷 데이먼이 주연한 영화 〈굿 윌 헌팅〉이다. 주인공 '윌'은 천재적인 두뇌를 가지고 있지만 어린 시절 받은 상처로 인해 세상에 마음을 열지 못한다. 사랑하는 사람을 만나지만 자신의 불완전한 모습을 들킬까 두려워 상처 주는 말을 한다.

주인공을 구원해준 것은 심리학 교수 '숀'의 진심 어린 한 마디였다. "이 모든 건 너의 잘못이 아니야." 머리로는 알고 있지만, 그동안 아무도 말해주지 않았던 사실을 들은 윌은 무너지듯 오열한다. 울음과 함께 자신의 잘못을 받아들이고 과거의 상처를 회복한다. 그리고 온전히 자신이 원하는 대로 삶의 방향을 선택한다. 이 영화를 볼 때마다 나는 하릴없이 울게 된다.

그렇게 한껏 울고 나면 개운해진다. 가빴던 호흡은 이내 가라앉고 심박수가 떨어지면서 안정을 되찾는다. 눈물로 축축해진 얼굴을 씻어내고 침대 위에 이완된 몸을 누이고 나면, 앞으로 내게 일어날 어떤 일들도 견뎌낼 수 있겠다는 마음이 생긴다.

삶이란 세우고 무너지고 다시 세우는 과정일 것이다. 우리는 계속해서 흔들리고 쓰러지고 좌절한다. 그럼에도 다시 몸을 일으켜 더 단단한 마음을 쌓아 올린다. 상처는 타인을 이해하는 마음이 된다. 절망은 다시 시작할 용기가 된다. 자기혐오는 자아를 새로운 단계로 이끈다. 우리는 그런 식으로 성장한다. 그렇게 울음은 내일을 살아갈 준비가 된다.

지속하는 힘

"어떻게 하면 그렇게 꾸준히 할 수 있나요?"라는 질문을 자주 받는다. 그럴 때면 눈동자가 흔들리고 호흡이 떨린다. 나는 항상 포기하고 싶은 마음인 데다가, 언제나 다른 이들을 붙잡고 "당신에게는 도대체 어떤 동력이 숨겨져 있는 겁니까?"라고 묻고 다니기 때문이다. 그렇다고 해서 "글쎄요, 저도 여전히 헤매는 중이라서"라고 대답하면 상대방도, 나도 서로 민망하고 미안해지는 상황이 된다.

내가 대답을 망설이는 이유는 명확하게 알지 못하기 때문이다. 나처럼 항상 스스로를 의심하고 극도로 불안해하는 사람은 절대 한 가지 동력으로 움직이지 않는다. 마치 커다란 기계처럼 여러 요인이 맞물려서 더 이상 내 의지로 멈출 수 없게 되었을 때, 쉼 없이 달리게 된다. 그러니까 내가 스스로 지속했다기보다는 '지속할 수밖에 없는' 상태가 되었기 때문에 지금껏 계속 해왔던 것이다.

진지하게 물어온 사람에게는 허무한 대답일지도 모르겠다. 그러나 내가 나와 살아오면서 깨달은 것은 무엇보다도 나의 자유의지를 과대평가하면 안 된다는 사실이었다. 그만큼 나로부터 수많은 배신을 당해왔기 때문에 나의 게으름과 간사한 마음을 잘 알고 있다. '내버려두어도 알아서 잘하겠지'라고 스스로에 대해 낙관할 만큼 큰 그릇은 못 되는 것이다. 다만 나는 책임지는 일을 극도로 싫어하는 대신 한번 책임지기로 한 일은 끝까지 챙긴다. 실패가 두렵기 때문이다. 그런 성질을 잘 활용하면 나 자신을 내가 원하는, 그러니까 이상적이라고 생각하는 방향으로 이끌어갈 수 있다. 적어도 지금까지는 그랬다.

내 손으로 시작해서 흐지부지 끝난 일들이 많다. 그것들은 내 안에 조금씩 흉터처럼 남았다. 자책은 그만하고 싶어서 웬만하면 포기하지 않으려고 한다. 정리하자면 내가 꾸준히 하는 원동력은 '나 자신에게 더 이상 실망하고 싶지 않다는 두려움'이다.

확신을 갖는 일이 점점 더 어려워진다. 인생에 정답이 없다는 걸 알아가고 있기 때문이다. 나는 고작 일 년 전에 했던 말도 후회하고 있다. 그만큼 나는 조금씩 변해가고 있다. 어느 날 내 안에 두려움이 사라졌을 때, 나는 무엇으로 움직이는 사람이 될까. 내가 계속 살아야 하는 이유가 있다면, 이 질문에 스스로 어떤 대답을 하게 될지 기대하는 마음뿐이다.

오늘의 아픔이

언젠가의 추억이 될 때까지

어떤 노래로도 위로가 되지 않는 날이 있다. 이럴 때는 어떻게 마음을 달래야 할까. 나는 가만히 몸을 웅크리고 모든 현상이 지나가기를 기다리는 것 외에는 마땅한 방법을 알지 못한다.

기다림은 내가 문제를 해결하는 주된 방식이었다. 시간이 지나면 모든 게 원래대로 돌아올 것이라는 믿음에 기반한 경험들이 지금의 나를 만들었다. 그건 실제로 효과가 있었다. 다툼도, 이별도, 좌절도, 부끄러움도 모두 시간이 지나면 저 먼 밑바닥에 짙게 가라앉았다.

이토록 어설픈 나도 고민 상담을 해주어야 할 때가 있다. 종종 사람들은 내게 자신이 겪고 있는 어려움을 절실하게 이야기하고 도움이 될 만한 대답을 기대한다. 그때마다 나는 한참을 고민한 뒤, 나 스스로에게 그러듯 이렇게 말해주곤 한다.

"분명 힘들고 괴롭고 불안하겠지만 조금만 더 기다려

보는 게 어떻겠습니까. 오늘의 아픔이 언젠가의 추억이 될 때까지 말입니다."

봄비에

꽃이 지듯

두 시간이면 사람은 고운 가루가 된다. 나를 입히고 씻기고 먹이던 주름진 손은 이제 볼 수 없게 되었다. 그렇게 당신의 고단한 삶과 역사가 갈무리되었다. 가족들은 기억할 준비를 했다. 볕이 따뜻한 날이었다. 땅속에 유골이 담긴 작은 함을 넣었다. 큰아버지는 떨리는 목소리로 기도했다. 그리고 촉촉한 흙으로 꼭꼭 눌러 덮었다. 마치 아무것도 없었던 것처럼 존재 하나가 사라졌다. 이 일련의 과정을 수행하는 데 오랜 시간이 걸리지 않았다. 모든 것을 끝내고 돌아가는 길에 슬픔이 몰려왔다. 우리는 잊어야 살아갈 수 있으므로, 모든 기억을 그곳에 두고 왔다. 갑작스럽게 비워진 마음에 공명이 일었다. 버스 창가에서 한숨 같은 울음이 터졌다.

모든 감정이 그렇지만, 슬픔은 내가 이해하기 어려운 충동이다. 구토를 하듯 울컥 튀어나오는 것이 슬픔이다. 모두 게워내기 전에는 개운해지지 않는다. 슬픔에는 주변 사람의 손길이 무엇보다도 중요하다. 다가와 얼굴을 살피고 등 두드려주는 사람들이 있었기에 그간 슬픔의

구렁텅이에서 쉽게 나올 수 있었다. 납덩어리를 지닌 것처럼 마음은 무겁지만, 어찌 됐든 다시 일상으로 돌아가야 한다. 슬픔은 일상 속에서 풍화되듯 서서히 사라진다. 이토록 얄궂고 잔인한 순환을 우리는 계절처럼 반복하며 살아간다.

봄비가 지나간 아침, 도림천을 따라 조용히 걸었다. 하얀 꽃잎들이 고인 빗물 위로 흩어져 있다. 벚나무 가지에는 새로 돋은 어린 푸른 잎만이 남아 있었다. 우울할 때면 이런 사소한 지표들이 나를 위로했다. 쉬이 잊어도 괜찮다고. 다시 살아가도 괜찮다고. 무언가를 보내주는 일은 무언가를 피우는 일과 같다고. 나는 아무 일 없었다는 듯 내일을 살아가야 한다. 그러니 미안한 마음 없이 할머니와의 지난 기억을 묻어두기로 한다. 봄비에 꽃이 지듯 나는 그렇게 잊었다.

서사

나도 모르는 사이 잃어버린 것들에 대해 자주 생각한다. 친구들과 밤거리를 걷는 것만으로도 즐거웠던 시기에 내가 간직하고 있던 것들이다. 그렇게 떠올린 것을 한군데 모아놓고 멀리서 지켜보면, 그것은 대체로 '낭만'이라는 말로 묶을 수 있는 어떤 그리운 순간들이다.

내 삶은 기대에 못 미치는 날들이 더 많았다. 그런 순간도 어떻게든 긍정해보려고 했던 시도들이 결국 세상을 견디는 힘이 되었다. 지금은 의미가 없어 보이는 일도 언젠가 기회를 만나 의미를 되찾게 될 것이다. 그런 복선이 우리의 삶을 완벽한 서사로 만든다.

삶이 명사가 아닌

동사라면

어느 여름밤이었다. 예상하지 못한 전화가 왔다. 엄마였다. 이 시간에 웬일이실까. 전화를 받으니 엄마의 목소리가 슬프다. "밥은 먹었니?" 진흙처럼 축축한 말투였다. 분명 어떠한 일이 있는 듯했다. 하지만 나는 아무것도 묻지 않는다. 나는 그토록 살가운 아들이 되지 못한다. 내게 엄마는 가깝지만 동시에 너무 멀리 있는 사람이다.

다행히도 엄마에게 안 좋은 일이 있는 건 아니었다. 그저 엄마는 방금 전에 내가 쓴 책을 모두 읽었다고 했다. 읽다 보니 글이 자신을 닮은 것 같다고, 그동안 꾹꾹 담아두고 있던 자신의 마음을 대신 글로 표현해준 것 같아서 참 좋았다고 했다. 그리고, 그래서 슬펐다고 했다. 아마도 고백처럼 썼던 내 어린 시절의 이야기가 엄마는 미안했나 보다.

엄마는 수화기 너머로 한참 옛날이야기를 했다. 어릴 적에 피아노를 많이 쳐줬어. 아드린느를 위한 발라드.

그걸 기억하는구나. 너는 안세병원에서 태어났어. 그때 강남에서 제일 좋은 병원이었어. 아기 때 입던 옷도 갖고 있어. 다음에 가져다줄게. 나는 수화기 너머로 한참 옛날이야기를 들었다.

엄마는 말했다. "아무런 설명도 못해줘서 미안해. 네가 어른이 되면 이해해줄 거라고 생각했어. 잘 커줘서 고마워. 요즘 꿈을 꾸면 너희와 헤어질 때, 그때의 너희들이 나와." 나는 말한다. 이제는 모든 것을 이해한다고, 우리는 더 이상 그 일로 슬퍼할 필요가 없다고, 그렇게 상처 없는 사람처럼 위로했다. 엄마는 끝으로 내게 당부했다. "행복하게 살아. 너무 우울하고 슬프게 살지 말고. 그런 건 꼭 나를 닮은 것 같아서 좀 마음이 안 좋았어." 나는 말한다. 나는 오직 슬픈 일만 글로 쓴다고, 기쁜 일은 그저 기쁘게만 받아들인다고, 그러니 걱정하지 말라고 속 좋은 사람처럼 대답했다.

전화를 끊고 나서도 여운이 오래 남았다. 엄마를 붙잡

던 한 아이가 생각났기 때문이다. 그 아이는 자기 잘못 때문에 엄마가 떠나갔다고 믿었다. 그 믿음은 오랫동안 아이를 짓눌렀다. 지금의 나는 그 아이에게 시간이라는 연약한 갑옷을 겹겹이 씌워 몸을 불린 사내다. 나를 둘러싼 것들을 조금씩 제거하고 맨 밑바닥을 내보일 수 있었을 때 내 삶은 달라졌다. 엄마의 말과 행동을 이십 년이 지나서야 온전히 받아들일 수 있었다. 그것만으로도 충분하다. 그것은 과거를 넘어서기 위해 나에게도, 엄마에게도 필요했던 계단이었다.

지금 지나는 순간이 어떤 의미가 있을지 우리는 알 수 없다. 그러나 지나고 보면 그 순간들은 점처럼 아름답게 이어져 있다. 내가 만약 글을 쓰지 않았다면, 혹은 책을 내지 않았더라면 우리 모자(母子)는 거렇게 묵은 소회를 풀어헤칠 수 있었을까. 삶이 명사가 아닌 동사라면, 앞으로 내 삶에 또 어떤 새로운 의미가 만들어질지 기대해보려고 한다.

환기

어느 날 베란다로 나가보니 퀴퀴한 냄새가 났다. 창문과 벽에는 물방울이 맺혀 있었다. 결로 현상이었다. 결로 현상은 안과 밖의 온도와 습도 차이로 일어난다. 즉, 안이 따뜻하고 바깥이 차갑다든지 내부 습도가 너무 높을 때 공기 중 수증기가 벽이나 천장, 바닥에 닿아 물이 맺힌다. 결로가 생기면 창문을 활짝 열어 자주 환기를 해주는 것이 좋다. 적어도 하루에 두 번, 삼십 분만 환기해주어도 결로 현상을 예방할 수 있다고 한다.

가끔 속으로 울 때가 있다. 나의 진심이 제대로 전해지지 않을 때 그렇다. 그로 인해 세상 사람들이 나를 차갑게 대하는 것만 같을 때도 그렇다. 그럴 때는 솔직하게 터놓고 이야기하는 수밖에 없다. 잠시나마 마음속 창문을 활짝 열어두고 후덥지근한 생각과 감정을 환기하는 것이다. 적어도 하루에 두 번, 삼십 분만 자신의 진실된 순간을 마주하면 마음속 결로 현상을 예방할 수 있다.

잡초라는

풀은 없다

1

겨우내 영영 사라진 것만 같았던 꽃들이 길가에 피었다. 전에는 하나도 관심이 없던 것들이 요즘 들어서는 어쩜 그리 예뻐 보이는지 모르겠다. 꽃은 자신이 아름답다는 걸 아는지 모르는지, 각자의 형태와 색깔을 띄고 따사로운 봄볕 아래에 연약한 얼굴을 당당히 드러내고 있다.

2

요즘은 아내와 꽃과 나무 이야기를 자주 한다. 이를테면, 길가에 피어 있는 쌀알처럼 희고 길쭉한 꽃나무가 이팝나무인지 조팝나무인지 실랑이를 하는 식이다. 알고 보니 그건 이팝나무였다. 이씨 성을 가진, 조선 시대 양반들이 먹는 흰 쌀밥 같다고 하여 붙인 이름이라고 한다.

어릴 적에 입으로 쭉쭉 빨아 먹던 꽃의 이름이 무엇인지에 대해서도 한창 이야기했다. 길가에 피어 있는 붉고 길쭉한 꽃망울을 따다가 입에 넣으면 꿀처럼 단맛이

났었다. 그 꽃의 이름은 '사루비아(샐비어)'라고 한다. 꽃
말은 불타는 마음, 정열, 가족애라고 했다.

3

역에서 기차를 기다리는 중이었다. 저 멀리 철도와 울
타리 사이에 기다란 들풀들이 나 있었다. 길이는 일 미
터쯤 되었는데, 벼 같은 푸른 이삭을 잔뜩 달고서는 바
람에 이리저리 흔들리고 있었다. 나는 그 들풀을 보며
가엽고 처량한 마음이 들었다. 저 들풀은 대체 무엇을
위해 존재하고 있는 걸까. 어떤 이유로 아무도 지나지
않는 척박한 곳에 뿌리를 내리고, 햇빛도 겨우 닿는 곳
에 피어나 바람에 흔들리고 있을까. 저것이 지금 당장
사라진다 해도 세상에 달라질 일이 무엇이 있을까. 그
잡초에게서 나는 언젠가 내가 경멸했던 나의 일부를 발
견했다.

그로부터 며칠이 지났을 때, 나는 문득 그 들풀의 이름
이 무엇인지 알아봐야겠다고 생각했다. 기억을 더듬
어 그때의 풍경과 생김새를 떠올렸다. 찾아보니 그것은

'메귀리'였다. 메귀리는 일종의 야생 귀리인데 열매가 작아서 식용으로 먹기는 힘들다고 한다. 메귀리의 뿌리는 수염처럼 무척 가늘고 긴데, 덕분에 아스팔트처럼 물이 부족한 척박한 환경에서도 살아낼 수 있다고 한다. 나는 이토록 볼품없는 풀에도 이름이 있다는 사실에 놀랐다. 더 나아가 그 이름을 붙인 사람에게 고마운 마음이 들었다.

4

애초에 잡초는 없는 것이 아닐까. 우리는 이유도 없이, 때와 장소에 맞지 않게 피어난 풀들을 잡초라고 뭉뚱그려 말하고는 한다. 하지만 모든 꽃과 풀에는 이름이 있으며, 각자 고유의 형태와 살아가기 위한 나름의 방식이 있다. 그것은 우리와 별반 다르지 않다.

미국의 어느 시인은 잡초를 '그 가치가 아직 발견되지 않은 식물'이라고 정의했다. 이 말은 나 자신을 잡초로 여기던 시절을 떠올리게 한다. 만약 모든 꽃과 풀에는 제각기 이름이 있다는 걸 알았더라면, 어떤 풀들은 그

저 가치가 발견되지 않았을 뿐이라는 걸 알았더라면,
어쩌면 그 시절을 조금은 수월히 보낼 수 있지 않았을
까 생각해본다.

세 상 과

화 해 하 는 법

1

출근길에는 의식적으로 늘 차창 밖을 바라본다. 달리는
속도에 맞추어 흩어지는 풍경을 멍하니 감상한다. 내게
주어진 하루 중에서 머리를 비우는 시간은 어쩌면 이때
뿐일지도 모른다. 아침에 마주치는 날씨와 풍경에 따라
나는 알게 모르게 영향을 받았다. 오늘은 비가 개었다.
차창에 비치는 볕이 유난히 부드럽고 포근해 보였다.
내게도 그런 사랑으로 다가와주기를 이 세상에 바라보
았다.

2

가끔은 나 자신이 외줄을 타고 있다고 생각될 때가 있
다. 어느 한쪽으로 쏠리면 안 되니까, 자꾸만 균형을 맞
추려고 애를 쓰는 것이다. 그래서 앞으로 나아가지 못
했다. 사실 그 외줄은 바닥에서 그리 높지 않은 위치에
있었고, 만에 하나 떨어진다고 해도 언제든 다시 시작
할 수 있는데 말이다. 실패할 수 있는 용기가 나에게 없
다는 사실이 늘 안타깝고 슬펐다. 내가 조르바나 니체

처럼 자신의 삶을 내던지는 사람에게 끌리는 이유가 아무래도 그런 것일 테다.

3

조금 더 웃어보자, 조금 더 마음을 열어보자. 요즘은 아침마다 이런 다짐을 한다. 작은 이야기에도 놀라운 표정을 짓고 고개를 끄덕이고 맞장구를 치려고 한다. 웃을 일이 더 자주 찾아올 수 있도록 길을 내어주는 것이다. 익숙하진 않지만 분명 작은 변화들이 생기고 있었다. 어떤 때는 행동이 진심을 이끌어내기도 한다는 걸 나는 천천히 알아가는 중이다.

4

세상을 향해 다시 한번 화해의 손을 내민다. 오늘로써 몇 번째 화해인지 모르겠다. 물론 세상은 나와 다툰 기억이 없다. 언제나 나 혼자 싸우고 나 혼자 화내고 나 혼자 미워하고 나 혼자 토라졌다. 그렇기에 결국은 내가 먼저 다가설 수밖에 없다. 아무 일도 없었다는 듯, 멋쩍은 미소로 다가가 나란히 걸어본다. 나는 세상과 화해하는 법을 배워가고 있고 그 일에 점점 더 능숙해지고 있다.

가볍게

살기

요즘은 가볍게 말하는 연습을 하고 있다. 깊이 고민하지 않고 그저 머릿속에 떠오르는 생각과 감정을 바로 말하는 것이다. 듣기에는 그게 어려운 일인가 싶을지 몰라도 막상 해보면 잘 안된다. '지금 이 이야기를 해도 괜찮을까? 혹시 상대방이 싫어하지는 않을까? 내가 이상한 사람처럼 보이지는 않을까? 어떻게 말해야 좀 더 반응을 보일까?'와 같은 것들을 고민하다가 정작 말할 기회를 놓치는 경우도 많다. 하고픈 말을 꾹 삼키면 아쉬운 마음이 속에서 부글부글 끓는다. 그만큼 나는 생각이 너무 많았던 것이다.

글쓰기도 마찬가지다. 요즘은 의식의 흐름대로 쓰는 연습을 하고 있다. 문체라든지 구성이라든지 교훈이라든지, 뭐 그런 것들은 잠시 잊어버리고 친구에게 말하듯 일단 생각나는 대로 문장을 써 내려가는 것이다. 그동안은 석고상을 조각하듯 예리하고 섬세하게 쓰려고 노력했다. 국어사전을 찾아가며 단어를 고르고 감정을 최대한 꾹꾹 눌러 담아가며 밀도 있게 썼다. 완벽한 글을 쓰고 싶은 간절한 마음이었는데 나중에는 그게 글쓰기를 막막하게 만들기도 했다. 글 또한 말과 다르지 않다. 누군가에게 내가 하고 싶은 이야기를 전하는 것, 그것이 본질이라면 글쓰기는 으레 이토록 가벼워야 한다는 생각이 든다.

말과 글을 편하게 대하다 보니 삶에 대한 태도도 달라진다. 부담이 줄었다고 해야 할까. 이전의 나보다 좀 더 내가 되어간다고 느낀다. 그동안은 옷을 겹겹이 입고 액세서리로 잔뜩 치장한 모습이었다면, 지금은 한결 가볍고 편한 복장으로 시원한 바람을 맞는 기분이다. 전보다 웃음도 많아졌다. 조금 바보 같은 웃음이라도 괜찮았다. 늘 긴장해서 뻣뻣하게 굳어 있던 얼굴보다는 나았다. 화가 나면 화도 내고, 힘들면 힘들다고 말한다. 슬프면 슬퍼하고, 두려우면 두렵다고 쓴다. 그러면 금방 훌훌 털어버릴 수 있었다.

이상하게도 성숙한 사람이 된다는 건 오히려 어린아이

가 되는 것과 다름이 없어 보인다. 어쩌면 어른이 되어 가는 여정에는 어딘가 반환점이 있는 게 아닐까? 무거운 짐들을 하나둘씩 짊어지며 악착스럽게 나아가다가도, 어느 순간이 되면 필연적으로 하나둘씩 내려놓는 날들이 오는 것이다. 하루하루에 충실하고 세상의 모든 것을 순수하게 받아들이던 언젠가의 나, 잃어버린 나의 모습을 찾기 위해 지나온 길을 되돌아 걷는 것이다. 요즘은 그런 기분을 느낀다.

4

마음과 마음들

처음

나는 처음이 좋다. '처음'이라는 단어의 생김새도 좋고, 그 단어를 들었을 때 마음속에서 재생되는 이야기들도 좋다. 갓난아이의 걸음마라든지, 여행자의 두리번거림 이라든지, 태양이 떠오를 때 서서히 밝아지는 세상이라 든지. '처음'을 생각하면 그런 이미지들이 자연스럽게 그려진다.

그런데 막상 나의 '처음'들을 돌아보면 괴로운 기억이 더 많다. 무엇이든 처음 겪는 일은 어지럽고 혼란스럽 기 때문이다. 내게 처음은 언제나 낯설었고, 낯섦 앞에 서 나는 늘 바보가 되었다. 모든 처음이 그랬다.

예를 들어, 처음 학교에 가는 날에는 두려운 마음이었 다. 새로운 친구를 사귀지 못할까 봐 걱정스러웠기 때 문이다. 교실에 모인 낯선 얼굴들이 무섭기도 했다. 혹 시 나를 해코지하면 어쩌하나 잔뜩 긴장했다. 사실은 모두 두려운 마음을 가득 지닌 아이들이었는데 말이다. 다들 나와 다를 것 없이 겁 많은 아이들이라는 걸 알게 되는 순간부터 두려운 마음은 사라졌다.

첫사랑이라고 다를까. 아마 불안한 마음이 더 컸을 거다. 그 사람에게 내가 어떻게 보일지를 치열하게 고민하며, 함께 있는 동안 전전긍긍했을 테니 말이다. 두근거리는 가슴이나 순수한 미소는 긴장이 풀린 뒤에야 떠오르는 것들이다. 부끄럽지만, 대학 시절 좋아하는 선배와 했던 첫 데이트는 정말 엉망이었다. 이성에게 서툴렀던 나는 어색한 침묵을 해소하려고 의미 없는 말을 잔뜩 지껄였다. 그날 본 영화의 줄거리나 먹은 음식의 맛은 기억도 나지 않는다. 그 선배와의 두 번째 데이트는 없었다. 그날의 나에 대한 혐오감과 비참함을 안주 삼아 술도 참 많이 마셨다.

처음 책을 출간했을 때는 아쉬운 마음이었다. 후련하고 뿌듯할 줄 알았는데 안 그랬다. 첫 책은 여행 에세이였는데, 서툰 글쓰기와 모자란 편집 실력으로 밤을 새우며 만들었다. 인쇄에 들어가는 날까지 '어쩌면 더 잘할 수 있지 않았을까' 하고 내내 후회했다. 책에서 오타를 발견했을 때는 시간을 되돌리고 싶을 정도로 좌절했다. 지금 생각해보면 별것 아닌 일들도 처음이라는 이유로 거대하고 무겁게 다가왔다.

그럼에도 나는 처음이 좋다. 가끔은 처음이 그립기도 하다. 그런 강렬한 감정은 오직 그때만 느낄 수 있기 때문이다. 아니, 어쩌면 이제는 그것을 잘 극복했기에 좋은 마음으로 바라볼 수 있는지도 모른다. 아무튼 내가 앞으로 겪을 '처음'의 기회나 영향력은 점점 줄어들 것이다. 처음은 처음일 뿐이다, 시간이 지나면 아무 일이 아니다, 이런 마음이 쌓이면서 나는 처음에 능숙해지고 있다.

요즘은 내가 지니고 있던 것들을 마무리하는 시기다. 그건 "오늘로 마지막입니다"라고 말하는 날이 많다는 의미다. 그런 날이면 나는 언제나 처음을 생각한다. 잘 하고 싶은 마음으로 가득했던, 그렇지만 무척이나 서툴렀던 내 모습을 떠올리면 피식 웃음이 나온다. '그래도 용케 잘 해냈네.' 기특하고 대견스러운 마음도 든다. 그러면 보내는 마음이 조금은 수월해진다.

이 순간과의

헤어짐

"늘 애절한 거죠. 매 순간이 지금 이 순간과의 헤어짐이 니까요."

가끔 책에서 만난 문장이 잊히지 않을 만큼 마음속 깊이 새겨질 때가 있다. 내게는 이 문장이 그렇다. 얼마 전 작고한 이어령 선생님과 김지수 기자의 대화를 담은 책 《이어령의 마지막 수업》에 나온 문장이다. 처음 이 문장을 읽었을 때는 미처 알지 못했는데, 두세 번 정도 다시 살펴본 후에야 '아, 너무 탁월한 말이다' 하며 감탄했다.

나는 늘 애절했다. 견딜 수 없이 애가 탔다. 사랑하는 사람을 가만히 바라볼 때도, 친구들과 술을 마실 때도, 여유롭고 조용한 길을 산책할 때도 한편으로는 그런 마음이었다. 지금 느끼는 충만함이 다시는 돌아올 수 없으며, 대부분의 시간들이 그러하듯 영영 잊힐 것이라는 걸 알았다. 지금 이 순간을 떠나보내는 게 늘 안타깝고 서운했다.

그건 쿠키 상자에서 가장 맛있는 쿠키부터 꺼내 먹는 것과 같았다. 언제나 오늘 먹는 쿠키가 가장 맛있는 쿠키였다. 하지만 동시에 어제 먹은 쿠키가 무척 그립고 내일 먹을 쿠키가 그리 기대되지 않는 기분이 되었다. 오늘 먹는 쿠키에만 집중하면 되는데, 슬프게도 나는 생각이 쓸데없이 많았다. 그게 나의 쓸쓸함과 음울함을 키웠다.

누구나 이 순간과 헤어지며 산다. 김광석의 노랫말처럼 '매일 이별하며 살고' 있다. 나는 모두가 이별하는 마음일 것이라고 믿고 있다. 어쩌면 그런 마음을 우연히 스쳐 지나가듯 알아차린다거나 꿈처럼 쉽게 잊고 살아갈지도 모른다. 그러나 아무튼 시간이 흘러간다는 걸 감각한다면, 내일이 어제와 다르다는 걸 안다면, 이미 지나간 행복의 순간들을 기억하고 있다면, 누구나 이 헤어짐이 애절할 것이라고 믿는다. 만약 나만 그렇다고 생각하면 아마 조금, 많이 외로울 것 같다.

처연한

마음

종종 한 단어에 몰입하여 헤어 나오지 못하는 때가 있다. 처음에는 그 단어가 아득하게 느껴진다. 그리고 자꾸만 되뇌면서 어감과 의미 속 바다를 이리저리 유영해 본다. 이내 발이 닿지 않는 깊은 곳까지 다다르고 나면, 낯설었던 언어는 내가 사용할 수 있는 표현이 된다. 나는 그런 방식으로 내가 모르는 세상의 면들을 알아갔다.

요즘은 '처연하다'라는 단어에 빠져 있다. 이 말은 영화 〈기생충〉에 대한 이동진 평론가의 한줄 평에서 발견했다. '상승과 하강으로 명징하게 직조해낸 신랄하면서 처연한 계급 우화.' 이 문장을 소리 내어 여러 번 읽다 보니 '처연한'이 계속 마음에 걸렸다.

'처연하다'는 단어가 주는 분위기부터 심상치 않다. 사전적인 뜻은 '애달프고 구슬프다'인데, 본래 의미보다 좀 더 우아하고 깊은 정서가 느껴진다. 이를테면, 젊은 청년의 솔직한 울음보다는 중년의 가슴속에 맺힌 눈물에 가깝다. 그런 의미에서, 처연함은 어느 정도 깊이와 세월이 지녀야 비로소 발현될 자격이 주어진다. 만약 처연한 사람을 마주치게 된다면, 어긋난 시선과 뿌연 눈빛을 통해 무언가 말 못할 사정이 있다는 걸 알아차릴 수 있겠으나 차마 자세한 사연을 묻지는 못할 것 같다.

게다가 '처연하다'는 적당히 먼 거리에서 바라보는 듯한 기분이 든다. 그렇기에 자신이 스스로 처연하다고 말하는 것은 어색하다. 예를 들면, '비에 젖은 수국의 빛깔이 처연하도록 곱다'라든지 '노래가 어찌나 처연하던지 나는 눈물이 핑 돌았다'라는 식이다. 묘하게도 처연함에는 아름다움이 있다. 처량함이나 처참함과 다르게 처연함에는 가엾거나 불쌍하다는 마음이 없다. 어쩌면 원망스럽고 억울한 마음을 '한(恨)'이라는 정서로, 미학적으로 승화시켜왔던 한국인 특유의 혼이 이 단어에 녹아 있는지도 모르겠다.

이런 생각을 하며 거리를 걷다 보면 자꾸만 처연한 것들을 만나게 된다. 청춘처럼 사라질 붉은 단풍들도, 공사가 무기한 연기된 도시 속 낡은 건물도, 바에서 들려온 1980년대 여가수의 노래도, 역 앞에 덩그러니 놓여 있는 반쯤 빈 소주병도 내게는 처연하게 생각된다. 이런 것들에는 더 이상 갈 데 없는 운명을 받아들이고 승인한 마음이 느껴진다. 이전의 나는 쉽게 지나친 마음이었다.

나에게 보내는

편지

안녕하세요. 지난 삼십삼 년간 당신을 지켜보았습니다. 이렇게 직접 말을 전하는 것은 처음입니다.

그동안 모질게 굴었던 것을 사과합니다. 너무 많은 것을 기대해왔습니다. 그로 인해 많은 상처를 주었습니다. 그렇게 하지 않으면 누구에게도 인정받지 못하고 버림받을 것이라 생각했습니다. 미안합니다.

변함없는 사람이라는 건 당신의 장점이자 단점입니다. 언제든, 어느 상황이든 옳다고 믿고 있는 말과 행동을 할 것이고 그것이 누군가에게는 믿음이나 위로가 되기도 합니다. 그만큼 재미가 없기도 하고요. 자신이 재미없는 사람이라는 걸 받아들이고 다른 사람이 되고자 애쓰지 않기로 결심한 것은 잘한 일이라고 생각합니다. 물론 더 일찍 알았다면 좋았겠지만 말입니다.

이런 말은 조금 쑥스럽지만, 당신은 그럭저럭 괜찮은 사람입니다. 허세를 부리지도 않고 무언가를 자랑하는 일도 없죠. 당신은 다른 사람의 이야기를 귀 기울여 듣습니다. 들어주는 척하는 것이 아니라 진실로 그 사람이 바라보는 세계가 궁금해서, 호기심 많은 아이처럼 눈을 반짝이며 질문합니다. 정작 자신의 이야기는 한마디도 하지 않은 채 대화가 끝날 때도 많습니다. 다음번에도, 그다음 번에도 당신이 이야기를 하지 않는 것을 보면 단단한 마음이 스스로를 가두고 있는 건 아닌지 걱정되기도 합니다.

지금껏 그랬듯 앞으로도 계속 그렇게 지냈으면 좋겠습니다. 모자라면 모자란 대로, 아쉬우면 아쉬운 대로. 부디 바꿀 수 없는 것에 애쓰지 않았으면 합니다. 욕망은 조미료 같은 것입니다. 적당히 뿌려주면 맛이 살아나지만, 너무 많으면 전부를 버리게 됩니다. 지금도 충분히 잘하고 있습니다. 앞으로도 잘 해내리라 믿습니다.

하고 싶은 말은 많지만, 이만 줄입니다. 늘 건강하기를.

강릉에서

나에게 강릉은 김승옥이 쓴 소설 〈무진기행〉의 '무진' 같은 곳이다. 강릉에 오면 나는 속절없이 옛날의 나로 돌아가게 된다. 미처 두고 오지 못한 고민도, 켜켜이 쌓인 감정도 이곳에 오면 모두 깨끗이 잊게 되었다.

안부가 궁금하다는 친구의 말에 기차를 탔다. 이 년 만이었다. 고향의 시내는 제법 바뀌어 있었다. 내가 알던 가게는 보이지 않고, 그 대신 새로운 가게가 들어서 있었다. 나는 오래도록 시내를 걸었다. 낡고 익숙한 간판들을 찾아다녔다. 종종 '여기는 아직 그대로네' 하며 마음을 달랬다. 오거리 횡단보도에는 여전히 신호등이 없었다. 그것이 반가웠다.

강릉에는 나의 초라했던 시절이 있다. 사춘기 시절부터 군 전역까지 십여 년을 강릉에서 지냈다. 내 생애 가장 방황하던 날들이었다. 그때의 나는 이유 모를 불안과 치밀어 오르는 울분을 견디지 못했다. 미래의 불확실성을 온몸으로 아프게 느꼈다. 잊고 싶은 기억들이 많다.

그래서 나는 강릉을 그리워하면서도 자주 찾지는 않았다. 어릴 적에 쓴 일기장을 들춰보는 것처럼 부끄러워졌기 때문이다. 사다리를 딛고 올라간 후에는 그 사다리를 던져버려야 한다. 나는 늘 그렇게 다짐했었다.

저녁에는 고향 친구들을 만나 술을 마셨다. 요즘은 친구나 오랜 지인을 만날 때마다 서로의 결이 크게 달라졌다는 걸 느낀다. 우리는 같은 뿌리에서 시작해 각자의 경험을 동력 삼아 서서히 분화한다. 나와 다를 바 없던 친구들은 어느새 저 멀리에서 각자의 삶을 살아가고 있다. 그럼에도 우리를 다시 모이게 하는 것은 추억이다. 추억이 있기에 우리는 그때의 우리가 되어 만난다.

강릉에 오면 나는 내가 그토록 사랑하고 미워하던 내가 된다. 오랜만에 만난 친구처럼, 여전히 그 자리에 남아 있는 가게처럼, 신호등도 없이 길을 건너야 하는 오거리처럼, 언제나 함께였다는 듯 그때의 내가 그곳에 있었다.

소모품

감정이라는 것도 일종의 소모품이 아닐까. 이를테면 기쁨과 슬픔도, 감동하거나 괴로운 것도 각자마다 정해진 한도가 있는 것이다. 양이 점점 줄어들다가 끝내 얼마 남지 않게 되어버리는 것이다. 나는 지금의 나 자신을 그렇게 설명하고 있다. 방법은 잘 모르지만 무엇이든 다시 채우는 시간이 내게는 필요하다.

자유를

찾아가는 길

한 유튜버를 인터뷰할 기회가 있었다. 그는 나와 나이가 비슷한 또래였는데 사 년 간 전업으로 수준 높은 다큐멘터리 영상을 만들고 있었다. 영상을 채우는 깊은 고민과 진솔한 생각들, 영감을 주는 대화는 내 마음을 오래도록 사로잡았다. 나는 안정적인 길이 아닌 자신이 원하는 길을 과감히 선택한 그가 내심 부러웠다. 그를 움직이는 힘이 궁금해서 "지금은 무엇을 열망하나요?"라고 물었을 때 그는 이렇게 답했다.

"생각해보면 십대, 이십대 그리고 지금까지도 제가 원했던 건 똑같아요. 자유였어요. 처음에는 명문대, 좋은 직장, 높은 연봉과 명함이 자유라고 생각했어요. 그런데 이십대를 지나고 보니까 내가 원하는 자유와 사회에서 말하는 자유가 너무 달랐던 거예요. '아, 이게 아니구나. 지도가 틀렸구나. 다시 맞는 길을 찾아가야 되겠다'라고 생각했어요. 그때 유튜브가 눈에 들어왔어요. 지금도 저는 자유를 찾아가는 과정에 있는 것 같아요."

나는 '아' 하고 탄식했다. 그가 나와 닮았다고 생각했다. 나도 언제나 자유를 갈망했다. 질서나 도리 같은 무거운 옷을 훌훌 벗어던지고 마음이 이끄는 대로 살고 싶었다. 하지만 겁이 많았다. 그래서 늘 타협했다. 자기만족보다는 인정을, 무모함보다는 안정성을, 새로움보다는 익숙함을, 이상보다는 현실을 선택했다. 덕분에 지금의 나는 얼마나 재미없는 사람이 되었는가.

반면에 그는 내가 두려워서 미처 가지 못했던 길을 걷고 있었다. 나는 그가, 어느 결정적인 순간에 서로 다른 길을 선택하기로 한 나의 분신처럼 느껴졌다. 내가 포기한 것을 그는 얻었고, 그가 놓은 것을 내가 누렸다. 그렇게 생각하니, 내가 그의 행보를 몇 년 간 관심 있게 지켜보고 응원했던 것도, 그에게 인터뷰를 요청하게 된 일도 어떠한 운명처럼 여겨졌다.

인터뷰를 마친 날 밤에는 마음이 무척 흔들렸다. 나 또한 여전히 자유를 찾는 길에 서 있다는 걸 깨달았기 때문이다. 조금 멀리 돌아왔을 뿐, 나의 눈은 언제나 자유를 향해 있었다. 어느 날 문득 잊고 있던 것이 생각났다는 듯 글을 쓰기 시작한 것도 아마 그런 이유일 테다. 자유롭기를 바랐던, 그 언젠가의 간절한 힘으로 지금을 산다. 밥벌이에 밀려 미루어두었던 마음이 다시 힘을 내주었으면 한다.

선유도에서

영등포구와 마포구, 그 사이를 흐르는 한강 가운데에 선유도공원이 있다. 선유도는 공원이라기보다는 조경 작품에 더 가깝다. 본래 정수장이었던 곳을 정영선 조경가와 조성룡 건축가가 생태공원으로 새로 설계했다고 한다. 그만큼 다양한 수목과 도심의 흔적, 한강이 조화롭고 정교하게 어우러져 있었다.

나와 아내는 신혼 생활을 선유도 근처의 작은 오피스텔에서 보냈다. 창문 너머로 신축 건물이 들어서는 바람에 햇빛이 잘 들지 않는 집이었다. 그래서 우리는 주말마다 선유도공원에 갔다. 그곳에서 볕과 강바람을 맞고 천천히 산책을 하고 나무들을 살피며 세상의 밝기와 계절의 변화를 실감했다.

날씨가 좋으면 돗자리를 펼쳤다. 무언가 특별한 준비가 필요하지 않았다. 그저 한강 둔치에 누워 강물이 흐르는 소리를 들으며 두런두런 대화를 나누었다. 그럴 때면 우리는 입버릇처럼 "지금 행복해?"라고 묻고는 했다. 그것은 행복을 느끼는 순간에만 할 수 있는 질문이었기에 언제나 서로 같은 대답을 했다.

나와 아내는 매년 결혼기념일마다 선유도공원에서 사진을 찍는다. 경기도로 이사를 간 후에도 그렇게 했다. 어제는 세 번째 기념일이었다. 예년보다 바람이 차고 많이 불었다. 구름이 많아진다 싶더니 공원에 도착했을 때 소나기가 내렸다. 오 분쯤 지났을까. 비가 점점 그치더니 이내 따뜻한 햇살이 비추었다. 손길이 닿는 곳은 모두 끌어안아 줄 것같이 부드럽고 포근한 빛이었다. 수십 번은 다녀갔을 선유도공원이 이국적으로 느껴질 만큼 밝고 아름다워 보였다.

그것은 내가 바라는 사랑의 모습과 닮아 있었다. 늘 곁에 있어 변치 않는 평온을 전해주고, 그 안에서 언제나 새로운 면을 발견할 수 있는 것. 선유도공원을 바라보며 나는 우리가 지켜온 것에 대해 오랫동안 생각했다.

또또가

가르쳐준 것

아내의 집, 그러니까 처가에는 '또또'라는 반려견이 살았다. 또또는 십육 년을 살아온 스피츠 종의 노견으로, 윤기를 잃은 흰색 털과 느릿느릿한 걸음걸이가 할아버지를 연상케 했다. 반려동물을 키워본 적이 없던 내게는 서로 다른 존재가 그토록 오랫동안 함께 살아갈 수 있다는 사실이 늘 낯설고 생경하게 느껴졌다.

내가 처가에 갈 때마다 또또는 거실 저 멀리서 천천히, 한 발자국씩 다가왔다. 신나거나 반가운 기색도 없었다. 그저 '누가 왔는지 확인이나 해보자'라는 느낌으로 느릿하게 움직였다. 그리고 슬쩍 냄새를 맡고서는 가만히 몸을 돌리고 등을 내밀어 보였다. 만져달라는 뜻이다. 그러면 나는 또또의 마른 등줄기를 따라 두 손으로 부드럽고 정성스럽게 안마를 시작한다. 한 오 분쯤 지났을까. 내가 안마에 지친 손을 거두고 나면, 또또는 나를 슬쩍 올려다보았다. 더 이상 만져줄 기미가 보이지 않으면 다시 천천히 저쪽으로 걸어갔다. 매번 반복해도 지루하지 않은 인사법이었다.

내 팔다리에는 오랜 피부병으로 상처와 흉터가 있다. 또또는 가끔 내게 다가와 다리에 있는 상처를 핥아준다. 그것은 마치, 예전에 할아버지가 생채기가 난 내 다리에 빨간약을 발라주던 장면을 떠올리게 했다. 동물적인 본성에서 나온 행동이겠지만 '나는 이 노견에게 보살핌을 받는 존재구나'라는 생각이 들어 기뻤다. 혹시나 개의 침에 인간의 상처에 대한 어떤 영험한 효능이 있지 않을까 생각되어 인터넷에 검색해봤더니, 개의 침은 인간의 상처에 아무런 효과도 없으며 오히려 수백 가지의 박테리아가 들어 있다는 사실을 알게 되었다. 그 이후로 나는 또또의 보살핌을 슬쩍 피하기 시작했다. 그럴 때면 '나는 널 이렇게나 생각해주고 있는데, 왜 너는 나를 피하는 거야?'라고 말하는 것 같은 그의 의문스러운 눈빛을 마주해야만 했다.

또또는 산책하는 일을 가장 좋아했다. 꼭 하루에 두 번씩 아침과 저녁에 산책을 했는데, 밖에 나가면 노견이라고 믿을 수 없을 만큼 에너지가 넘쳤다. 마치 평소에는 모든 힘을 아껴두었다가 산책할 때 사용하는 것처럼 느껴졌다. 또또는 길 구석구석을 다니며 냄새를 맡고 부지런히 자신의 자취를 분명하게 남겼다. 그 일련의 행위가 일종의 사명처럼 느껴졌다. '내가 여기에 다녀갔다', '내가 여전히 이곳에 존재한다'라는 사실을 세상에 필사적으로 알리는 것처럼 보였다. 나는 문득 매일 밤 무릎을 꿇고 소리 내어 기도하셨던 할머니를 떠올렸다. 그 또한 당신에게는 사명이자 임무였고 일상적이고 반복적이었으며 살아갈 이유가 되었기 때문이다. 또또는 몸이 지쳐 걸음이 느려지고 숨이 찰 때까지 산책을 멈추지 않았다. 그 정도의 추동은 단순히 좋아하는 마음 이상이어야 한다고 나는 자주 생각했다.

개는 어떤 의미에서 외국인과 닮아 있다. 다른 언어를 쓰고 다른 행동 양식을 갖고 있지만, 본질적으로 원하는 욕구는 같다. 사랑을 받거나 맛있는 음식을 먹으면 기뻐하고 고통은 피하려고 한다. 생명을 유지하는 방식도, 세상을 감각하는 방식도 유사하다. 그래서 서로 말이 통하지 않더라도, 화장실이 급하다거나 배가 고프다거나 밖으로 나가고 싶다는 것 정도는 이해할 수 있다. 어쩌면 서로 다른 존재가 더불어 살아가는 데 그 이상의 소통은 불필요할지도 모른다. 언어가 추상적이고 복잡해질수록 더 많은 오해가 생겨났기 때문이다. 만약 개와 인간 사이에 고도화된 의사소통이 가능해진다면 아마 우리는 지금처럼 평화롭게 살아가지 못할 것이다. 그들과 말싸움을 하고 그 말로부터 상처를 주거나 받는 일은 상상도 하고 싶지 않다.

반려견과 지내다 보면 살아가는 일이 참 단순하게 생각된다. 좋아하는 사람에게 귀여움을 받는 것, 낯선 사람을 경계하는 것, 하루에 두 번씩 산책하는 것, 맛있는 간식을 먹는 것, 편안하고 안전한 공간에서 잠을 자는 것, 이것들만 지켜진다면 그들은 더 바라는 것이 없다. 화려한 옷과 집도, 부와 명예도, 끝없는 성취감도 원하지 않는다. 지나치게 바라는 마음은 필연적으로 불행을 가져온다. 인간은 바라는 것이 많아 불행한 날도 많다는 것을 반려견과 지내다 보면 자연스럽게 알게 된다.

또한 그들은 처음에는 낯선 이를 경계하지만 이내 서로 마음이 통하고 금방 가까워질 수 있다. 나는 또또를 통해 어린아이처럼 마음을 열고 타인을 대하는 법을 배워갔다. 먼저 가까이 다가갈 것, 맑고 순수한 눈으로 상대방을 바라볼 것, 마음을 숨기지 않고 투명하게 보여줄 것, 한 번도 상처 받지 않은 것처럼 사랑을 바랄 것, 언제든 다시 기회를 내어줄 것. 모두 내가 잘하지 못하는 것들이었다. 나는 그들이 낯선 사람과 가까워지는 방식을 관찰하며 서툰 인간관계를 고칠 용기를 얻었다. '내가 먼저 다가가보자. 상처 받을 것을 겁내지 말자' 하고 스스로를 다독여보기도 했다. 그렇게 또또는 내게 많은 것을 가르쳐주었다. 더 오래 함께해주기를 바라는 마음이었다.

지난해 봄, 또또는 무지개 다리를 건넜다. 노화로 인한 심장병이었다. 수의사 선생님은, 또또가 유난히 살아가려는 의지가 강했다고 했다. 그래서 잘 기능하지 않는

몸으로도 예상보다 오래 살 수 있었다고 말했다. 무엇이 이토록 간절하게 살아야 하는 이유가 되었을까. 어떤 미련이 남아 있길래, 무엇이 아쉽고 애틋했길래 가늘고 옅어진 생명을 절실히 붙잡아야 했을까. 떠나간 또또를 생각하면 그런 생각들이 떠올라 마음이 헛헛해지곤 했다. 한동안 처가에 방문할 때마다 또또가 거실로 느릿느릿 걸어 나올 것만 같은 기분이 들었다. 하지만 그때마다 흰색 털을 가진 작은 존재가 얼마나 큰 기쁨이었는지를 다시금 떠올리게 될 뿐이었다.

또또가 떠난 지 보름이 지났을 무렵, 아내가 임신했음을 알게 되었다. 첫아이였다. 장모님은 그 소식을 듣고 "어머, 또또가 보내주었나 보다" 말씀하시며 기뻐하셨다. 나는 묘한 기분이 들었다. 온통 구름으로 이루어진 어느 도시에서, 또또가 어느 신적인 존재에게 무언가를 간곡히 부탁하는 장면이 떠올랐기 때문이다. 반짝이는 눈망울과 쫑긋 서 있는 귀, 길게 덮인 흰색 털과 느릿한 발걸음까지도 선명하게 상상할 수 있었다. 물론 단순한 우연이겠지만, 그럼에도 우리는 아기를 또또가 보내준 선물이라고 믿기로 했다. 그것은 우리에게 커다란 기쁨이 되었고 또또를 마음 편히 보내줄 이유가 되었다.

철학자 니체는 사랑에 대해 이렇게 말했다. "사랑이란 자신과 다른 방식으로 느끼며 다르게 살아가는 사람들을 이해하고 기뻐하는 것이다. 자신과 닮은 사람을 사랑하는 것이 아니라 자신과는 대립하여 살고 있는 사람에게 기쁨의 다리를 건네는 것이 사랑이다. 차이를 부정하는 것이 아니라 그 차이를 사랑하는 것이다."

나와 전혀 다른 이들과 함께 살아가야 할 때가 있다. 나와 전혀 다른 생각과 행동을 이해하려고 하기보다는 멀리하거나 마음의 문을 닫아버릴 때도 많다. 그때마다 나는 십육 년 동안 가족들과 함께 살아간 또또를 생각하기로 한다. 서로 다른 존재와 차이를 알아가고 이해하고 기쁨을 발견하는 것. 그것이 사랑이라면, 또또가 우리에게 남기고 간 것은 분명 사랑하는 법이었다.

이름을

붙여주는 일

나는 이름 붙은 것들이 좋다. 장난으로 지었건 고심해서 지었건, 그렇게 부르기로 결정하고 모두가 그렇게 부르게 되는 그 일련의 과정이 좋다. 어떤 존재는 이름을 통해 새로운 의미가 생기기도 한다.

문득 출근길에 타는 열차의 종류가 궁금해진 날이 있다. 같은 지하철 노선이라도 내부가 은근히 다르게 보였기 때문이다. 가끔 신식 열차를 만나면 일상의 변주처럼 느껴져서 반가웠다. 인터넷에 찾아보니 열차 종류가 꽤나 다양했다. 이름도 하나같이 귀여웠다. 납작이, 동글이, 뱀눈이, 삼눈이, 주둥이…… 열차 머리 모양을 보고 붙인 이름이란다. 그중에서도 납작이는 1996~99년에 도입된 1세대 열차다. 그러니까 열차 중에서도 최고참인 셈인데, 최근에 수명 연장 불가 판정을 받아 휴차 중이라고 했다. 나는 납작이가 마치 은퇴를 앞둔 아버지처럼 생각되었다. 아마 이름을 몰랐다면 휴차 중인 열차에게 나는 어떠한 감정도 느끼지 못했을 것이다.

임신 소식을 듣고 난 후 우리 부부는 태명을 지었다. 아내는 뱃속에 있는 젤리곰만 한 아이를 생각하며 다양한 이름을 나열했다. 튼튼이, 찰떡이, 복덩이, 행복이, 사랑이, 쑥쑥이……. 모두 귀엽고 사랑스러운 이름이었다. 며칠을 고심한 끝에 '수박이'라는 이름으로 정했다. 우리 부부가 좋아하는 여름 과일이기도 하고, 임산부가 수박을 먹으면 아이가 크게 나온다는 속설도 재밌게 들렸다. 무엇보다도 입에 잘 붙고 어감이 좋았다. 우리 수박이, 수박이 어머니, 수박이 아버지 하고 말하면 왠지 모르게 기분이 좋아졌다. 태명을 지은 순간부터 내게 아이가 생겼다는 것을 실감하기 시작했다. 수박이가 수박처럼 쑥쑥 자라서 만나게 될 날을 기다리게 되었다.

이름을 짓는 것은 생명을 불어넣는 것과 같은 일이다. 물질적 차원의 생명이 아니라 의미론적 차원의 생명이다. 이름을 붙여주고, 이름을 기억하고, 이름을 불러주는 것만으로도 내가 인식하는 세계는 넓고 풍부해진다. 더 많은 이름을 알고 기억하고 싶다. 이름이 없는 것에는 아름다운 이름을 붙여주고 싶다. 그렇게 사랑하는 법을 하나 더 알아간다.

바다 같은

마음

내가 물을 무서워하게 된 것에는 어릴 적 수영 선생님의 영향이 크다. 초등학교 삼학년쯤이었을까. 집에서 몇 정거장 떨어진 수영장에 처음 간 날이었다. 수영을 배우기 위해서였다. 꽉 끼는 수영모와 까만 물안경을 쓰고 들어간 수영장의 첫인상은 푸른 물과 은은한 소독약 냄새, 크게 울려 퍼지는 물장구 소리였다.

수영 선생님은 우리를 모두 모이게 했다. 그리고 다 함께 간단한 체조를 하며 몸을 풀었다. 체조가 끝나자 선생님은 우리를 한 줄로 세웠다. 그리고 한 명씩 붙들어 올리더니 이내 수영장으로 내던졌다. 나도 속절없이 물에 빠졌다. 순간 귀가 멍해졌고 시야가 흐려졌으며 콧속으로 물이 들이닥쳤다. 두려웠다. 나는 혼신의 힘을 다해 겨우 물 밖으로 빠져나와 컥컥 물을 뱉어냈다. 다음 날부터 나는 수영장에 가지 않았다.

반면에 나에게 수영을 가르쳐준 것은 바다였다. 강원도 강릉이라는 낯선 곳으로 이사를 갔다. 바다가 가까운 도시였다. 여름이 되면 소풍을 가듯 해수욕을 즐겼다. 햇볕에 데워져 미지근한 물에 몸을 담그고 있으면 마음이 절로 편안하고 가벼워졌다. 그저 발이 닿는 얕은 물가를 유유히 걷거나 다가오는 파도에 맞추어 높이 뛰기만 해도 즐거웠다. 몇 년에 걸쳐 바다를 즐기다 보니 어느새 손과 다리를 이용해 이쪽에서 저쪽으로 이동할 수 있었다. 걸음마를 떼듯 자연스러운 과정이었다. 그렇게 나는 바다로부터 헤엄치는 법을 익혔다.

내게 삶이란 수영장에 내던져진 일과 같았다. 태어남은 세상에 내던져진 일이었다. 나는 코로 물도 먹어보고 필사적으로 몸을 휘저으면서 살아가는 법을 배웠다. 삶은 언제나 거칠고 엄격한 사랑으로 나를 가르쳤다.

만약 내가 누군가에게 삶에 대해 알려줄 수 있다면, 그것은 바다와 같은 방식이었으면 한다. 따뜻한 마음으로 끌어안아 줄 것, 조급하지 않을 것, 어설픈 조언도 성급한 위로도 없이 다정한 시선으로 바라봐줄 것, 있는 그

대로 받아들일 것, 언제까지나 가만한 마음으로 기다려
줄 것.

우리는 그렇게

글 쓰는 사람이 된다

하루 중 가장 좋아하는 시간은 사랑하는 사람을 위해 저녁을 준비할 때다. 이전에는 몰랐는데 누군가와 함께 밥을 먹는 시간이 참 소중하고 기쁘게 느껴진다. 요리를 할 때는 오로지 요리에만 집중한다. 한 끼를 즐거운 마음으로 해결할 수 있도록 온 신경을 쓴다. 매일 먹는 밥인데도 왜 언제나 설레고 기대되는 것일까. 무엇이든 '밥 먹듯이' 해내고 싶다는 생각을 요즘 자주 한다.

오늘은 집에 오는 길에 그녀가 좋아하는 두부를 샀다. 두부를 데치기 위해 우선 냄비에 물을 끓인다. 물이 끓으면 두부가 망가지지 않도록 조심스럽게 넣는다. 한쪽에 도마를 꺼내고 씻은 양파와 대파, 깻잎을 적당한 크기로 썰어낸다. 냉장고에서 꺼낸 돼지 뒷다리살을 적당한 크기로 자른 뒤 달군 프라이팬 위에 올린다. 고기에 설탕을 뿌리면 간이 잘 들고 생강가루를 조금 넣으면 잡내가 사라진다. 고기가 익어갈 때쯤 다진 마늘과 고춧가루, 간장을 넣어 간을 한다. 그리고 준비해둔 양파와 대파를 넣어 함께 익혀준다.

채소가 살짝 숨이 죽으면 김치를 잘라 넣는다. 집에서 보내준 푹 익은 김치다. 너무 쉬어버린 김치에는 설탕을 적당히 넣어주면 신맛이 사라진다. 먹음직스러운 색이 나올 때까지 달달 볶는다. 이쯤 되면 "맛있는 냄새가 나네?"라는 그녀의 목소리가 들려온다. 그때 불을 끈다. 깻잎을 넣고 잘 섞어 잔열로 익혀준다. 마지막으로 참기름을 둘러주고 참깨를 뿌려 마무리한다. 아까 데쳐두었던 두부를 적당한 크기로 썰어서 대접에 함께 담으면 두부김치가 완성된다.

음식을 제대로 완성해냈다는 기쁨도 있지만, 그것을 맛있게 먹어주는 타인의 모습을 바라볼 때 비로소 요리의 즐거움이 발현된다. 미처 한입을 먹어보기도 전에 "어때, 맛있어?"라고 묻고 싶은 조급함은 모든 요리사가 가진 미덕이다. 행복한 표정으로 내가 만든 음식을 먹어주는 그녀를 바라볼 때면, 평생 이 사람을 위해 요리할 수 있겠다는 마음을 갖게 된다.

내가 글을 쓰는 이유도 이와 다르지 않다. "당신의 글이 내 허기진 마음에 위안이 되었다"라는 말 한마디가 평생 글을 쓸 이유가 되었다. 그저 따뜻한 문장들을 꼭꼭 씹어 마음 한편을 채워갔으면 하는 마음이었다. 혼자서도 살아갈 수 있다고 생각할 때가 있었다. 하지만 살아 있다는 감각은 고립된 생각에서 나오지 않는다. 오히려 타인을 위해 행위할 때, 비로소 우리 안에 불안을 무찌르는 힘이 마련된다.

우리는 그렇게 글 쓰는 사람이 된다.

평범한 직장인입니다.

그리고 글을 씁니다.

"평범한 직장인입니다. 그리고 글을 씁니다."
나는 최근 몇 년간 나 자신을 이렇게 소개해왔다. 짧은
두 문장이지만, 이 말을 하기까지 얼마나 많은 시련과
고통이 있었던가. 평범한 직장인으로 살아가는 일도 가
뜩이나 힘든데, 더 나아가 글 쓰는 삶까지 함께하다니.
이런 말은 쑥스럽지만, 나는 나를 이렇게 소개할 때마
다 뿌듯한 표정을 감추지 못한다.

나를 잘 아는 사람에게 내가 쓴 글을 보여주는 건 부끄
럽지만 반가운 일이다. 당신이 모르고 있던, 내면에 꽁
꽁 숨겨두었던 나의 모습을 보여줄 수 있는 유일한 기
회이기 때문이다. 반면에 나를 글로 알게 된 사람을 만
나는 건 설레지만 동시에 무척 두려운 일이다. 분명 당
신이 상상하는 모습과 전혀 다른 사람을 마주하게 될
것이기 때문이다.

글을 쓰는 나는 감성적이고 예민한 사람이다. 계절과
날씨에 크게 영향을 받고 주변의 작은 변화에도 주의를

기울인다. 금방이라도 무너질 듯 무르고 여린 마음을 가졌을 것만 같다. 그러나 나를 잘 아는 사람들은 나를 무뚝뚝하고 무딘 사람으로 평가한다. 특히 일할 때의 나는 철저히 냉철하고 단호한 편이다. 사적인 이야기는 전혀 하지 않는다. 마음도 쉽사리 열지 못한다. 언젠가 가까운 동료는 내게 감정이 없는 로봇 같다고 말한 적이 있다. 물론 가벼운 농담이었지만 나는 웃지 못했다. 어쩌면 그것은 사실일지도 모른다고 생각했던 것이다.

글 쓰는 나와 일하는 나. 분명한 건 둘 모두 틀림없이 나라는 사실이다. 어느 쪽도 거짓은 없다. 어쩌면 나는 이 두 가지 면으로 지금껏 삶의 균형을 맞춰왔는지도 모른다. 내가 가진 감수성과 민감성을 글쓰기로 마음껏 해소했기에, 일을 할 때는 감정을 최대한 배제하고 이성적으로 판단할 수 있었다. 반대로, 필요하다면 직장 동료에게 모진 말도 망설임 없이 해낼 수 있었지만 집으로 돌아와서는 아프고 지친 마음을 글쓰기로 위로했던 것이다. 그러니 내게 일과 글은 일종의 운명 공동체인

셈이다.

"평범한 직장인입니다. 그리고 글을 씁니다."
나는 앞으로도 나 자신을 이렇게 소개하는 날이 오래이
기를 바라고 있다. 서로 다른 것들이 만나 함께할 수 있
다는 건, 그것이 무엇이건 간에 아름답고 신비로운 일
이라고 나는 믿고 있다.

●

친애하는
아침에게

친애하는 아침에게

초판 1쇄 발행 2023년 7월 1일
초판 2쇄 발행 2024년 3월 15일

지은이. 윤성용
펴낸이. 김태연

펴낸곳. 멜라이트
출판등록. 제2022-000026호
이메일. mellite.pub@gmail.com
인스타그램. @mellite_pub
디자인. 강경신

ISBN 979-11-980307-4-0 (03810)